GRAVEYARD LOVE

Die Originalausgabe erschien 2016 unter dem Titel
Graveyard Love bei Broken River Books

Deutsche Originalausgabe
1. Auflage Oktober 2019

www.arsvivendi.com

Druck: CPI books GmbH, Leck
Gedruckt auf holzfreiem Werkdruckpapier
der Papierfabrik Arctic Paper

MIX
Papier aus verantwortungsvollen Quellen
FSC® C083411

Printed in Germany

ISBN 978-3-7472-0093-3

Graveyard Love

ERSTER TEIL

eins

Am Sonntag ging ich, obwohl ich nüchtern war, auf den Friedhof. Ich verließ das Haus, überquerte die Straße und ging rüber. Samstagnacht hatte es geschneit, ich trug meine Wanderschuhe. Der Schnee war nicht tief, hüllte jedoch alles ein, und jenseits der weiten Fläche mit den Grüften und Grabsteinen glitzerten die Bäume im Wald weiß. Ich hatte mich für meine Observierung warm angezogen – schwarze Jeans, Pullover, pelzgefütterter Parka und eine rote Strickmütze –, aber so kalt es auch war, ich fühlte mich großartig. Ich hatte mich von meinem Kater erholt. Gestern hatte ich nichts getrunken, heute bislang auch nichts. Der späte Nachmittagshimmel war blau, die Sonne schien, kein Lüftchen wehte. Ich liebte dieses knackige, winterliche Wetter und hätte so oder so einen strammen Marsch gemacht, Friedhofsfrau hin oder her. Tägliche Spaziergänge verschafften mir die nötige Bewegung und regenerierten meine Lungen. Ich entkam dem Zigarettengestank, den meine Mutter mit ihren Marlboro Mediums produzierte. Sie rauchte zwei Packungen am Tag, und da es ihr Haus war, konnte ich sie nicht daran hindern. Nur in meinem Zimmer war ihr das Gequalme untersagt. Außerdem war der Spaziergang Balsam für meine Nerven, eine Unterbrechung von dem Druck, den sie auf mich ausübte. Meine Mutter und ihr Buch! Ihre verdammten Memoiren.

Ich dachte mir andauernd Geschichten aus, skizzierte den Handlungsablauf von Romanen und kürzeren Erzählungen. Ich versprach mir selbst, schon sehr bald meine eigenen Projekte neu zu beleben. Auf meinem Laptop befanden sich jede Menge Entwürfe und Notizen, aber ich konnte keine eigenen Sachen schreiben, solange ich mich um das Buch meiner Mutter kümmern musste. Bis das erledigt war, steckte ich bis über beide Ohren in dieser Aufgabe und war gezwungen, ihr meine volle Aufmerksamkeit zu widmen. Weniger war schlicht undenkbar, meine Mutter saß mir ständig im Nacken.

An den meisten Arbeitstagen diktierte sie mir, und manchmal wollte sie auf Papier Wort für Wort das festgehalten wissen, was sie gesagt hatte. Zu anderen Zeiten waren ihr Überarbeitungen lieber. »Mach's spritziger«, sagte sie dann zum Beispiel. Oder: »Mach's netter.« Oder: »Ein bisschen raffinierter. Gestalte es aus. Du bist der Schriftsteller.« Warum sie jedoch mich dafür ausgesucht hatte, blieb mir ein Rätsel. Ihre Meinung von mir als Schriftsteller schien eher bescheiden zu sein. Ich befolgte ihre Anweisungen so gut ich konnte, aber sie war nur selten zufrieden. Sie las die ausgedruckten Seiten, die ich ihr gab, schnaubte, verlangte weitere Überarbeitungen mit noch mehr Anweisungen, die genauso schwammig waren wie ihre ursprünglichen. »Mach's hier noch ein bisschen intensiver«, sagte sie. »An dieser Stelle sollte es witzig sein, gleichzeitig aber auch ernst.« Es war ein Job für einen Schreiberling. Lächerlich. Und ich dachte dann: *Ich muss bescheuert gewesen sein, das anzunehmen. Wie konnte ich nur? Es ist Zeit, das zu beenden.*

Doch das war mein Frondienst, die Fessel, zu der ich mein Leben hatte werden lassen, und das hier jetzt, auf diesem Friedhof zu sein und auf das Eintreffen der rothaarigen Frau zu warten, das war etwas Neues, Geheimnisvolles. Ich spürte, wie mein Herz raste. Trotz der Kälte schwitzte ich unter den Achseln. Ich dachte, *meine Ermittlung, der Beginn meiner Nachforschungen zu dieser Frau*, und sah mich als Detektiv:

Bericht, Kurt.

Zwei- oder dreimal wöchentlich kommt die Zielperson auf den Friedhof und sucht eine Grabstätte auf.

Irgendeine Idee, warum?

Sie ist morbid.

Nein, im Ernst.

Jemand, den sie liebt, ist gestorben.

Aber sie bringt niemals Blumen mit.

Bringt überhaupt nie etwas mit.

Weißt du, welches Grab?

Noch nicht.

Observierung fortsetzen.

Den Eingang des Friedhofs markierte ein eisernes Tor mit Schwingverschluss, das von der Straße zugänglich war und Tag und Nacht offen blieb. Ich hatte noch nie gesehen, dass es geschlossen war. Direkt hinter dem Tor stand ein weißer Schuppen, von dem aus das Personal die Pflege und Instandhaltung des Friedhofs organisierte. Und wie fleißig sie waren: Im Sommer wucherte das Unkraut, und der Rasen wurde wochenlang nicht gemäht. Die Sträucher wurden unregelmäßig geschnitten, wodurch der Friedhof recht verwildert wirkte. Gerade das gefiel mir, und anderen musste es ähnlich ergehen, denn hier herrschte durchaus Betrieb, und Beerdigungen von Leuten aus der näheren Umgebung fanden häufig statt. Kein einziges Mal hatte ich jemanden über die Pflege des Friedhofs klagen hören, und da er nicht an eine Kirche angegliedert war, schien es keine religiösen Auflagen zu geben. Hier konnte jeder beerdigt werden.

Ich bezog im Eingang einer Gruft Stellung. Von hier aus konnte ich die Straße und mein Haus sehen. Da stand es, das weiße Haus im viktorianischen Stil mit Blick auf den Friedhof. Falls die Toten sich aus den Gräbern erheben würden, dachte ich, wäre nach dem Himmel das Erste, was sie sähen, mein Haus. In einem Zombiefilm würden sie schnurstracks auf das Haus zumarschieren, und in diesem Film wäre ich der Typ, der zufällig aus einem Fenster blickt und sie sieht. Sie schlurfen über die Straße, eine Horde grauhäutiger, runzliger Bestien, die nach Menschenfleisch hungern.

Ein hoher Metallzaun aus angespitzten Pfosten umgab den Friedhof, also konzentrierte ich meine Aufmerksamkeit auf das Eingangstor. Der Zaun hatte zwar Löcher, aber ich nahm an, dass die Frau von vorne kommen würde, höchstwahrscheinlich in einem Auto. Abgesehen von meiner Mutter und mir wohnte niemand in direkter Nähe. Äcker und Wälder beherrschten die Landschaft, und das nächste Haus lag ein gutes Stück die Straße hinunter. Bis zur Stadt waren es mehrere Meilen. Keine Frage, dachte ich: Als ich aus Brooklyn zu meiner Mutter hier in den Norden des Bundesstaats gezogen war, hatte ich mich in einem ungesunden, abgeschiedenen Leben wiedergefunden, und trotz meiner Begeisterung für diese Observierung kam ich mir schon auf makabre Art ein wenig krank vor, wie ich hier zwischen den Grabsteinen herumlümmelte.

Sonntags arbeitete niemand in dem weißen Schuppen. Der Friedhof war leer. Bewaffnet mit einer Thermosflasche Kaffee richtete ich mich aufs Warten in der Gruft ein, setzte mich auf den kalten Steinboden, lehnte mich an eine Wand des Eingangs.

Allmählich setzte die Abenddämmerung ein, die untergehende Sonne verblasste und ging in Dunkelheit über. Aus dem Nichts kam eine raunende Brise auf. Ich lauschte, wie sie durch den Kiefernwald fuhr, und hörte die schrillen Rufe der Amseln, die in den kahlen Bäumen des Friedhofs saßen. Ich war geduldig. Ich hatte beschlossen, bis weit nach Einbruch der Dunkelheit zu warten. Ich hatte meinen dampfenden schwarzen Kaffee, und wenn ich das hier nicht getan hätte, dann hätte ich mir in meinem Zimmer einen Horrorfilm angesehen. Sonntagabend war Horrorfilmabend, dann lieh ich entweder zwei Horrorvideos aus oder schaute zwei aus meiner eigenen Sammlung. Was nicht heißen soll, dass ich an keinem anderen Abend Horrorfilme sah, aber der Sonntagabend war ganz dem Horrorfilm gewidmet, und aus diesem Grund freute ich mich jedes Mal darauf. Zwei Vampirfilme oder Zombiefilme oder Klassiker mit Boris Karloff, oder vielleicht gönnte ich mir auch einen Dreierpack mit Filmen eines bestimmten Regisseurs – Polanski, Argento, Bava. Mein abgenutzter blauer Liegesessel gehörte zum festen Inventar meines Lebens, und dort saß ich dann bei geschlossener Tür, das Licht gelöscht, eine Kerze angezündet. Ich schaute die Filme, trank Wein und aß das Abendessen, das ich mir gekocht hatte. Das war mein Sonntagabend und das Ritual, das ich inzwischen richtig genoss.

Ich wartete, bis ich meinen Kaffee ausgetrunken hatte, wartete bis weit nach Sonnenuntergang, als die Sterne am schwarzen Himmel aufgetaucht waren, doch die rothaarige Frau kam nicht. Auch am nächsten Abend und am Abend danach tauchte sie nicht auf. Unverzagt versuchte ich es weiter, überquerte spätnachmittags die Straße, saß mit Mütze, Handschuhen und Parka in dieser Gruft, aber die Friedhofsfrau ließ sich nicht blicken. Sie kam weder durch das Eingangstor noch durch die Lücken im Zaun.

Eine Woche verstrich.

Nichts.

Die Frau schien wie vom Erdboden verschluckt.

Es war entmutigend, und ich fragte mich, was ich tun sollte. Abends saß ich in meinem Zimmer auf dem Bett und grübelte über ihre Abwesenheit. Zum Fenster gedreht konnte ich den Friedhof sehen, saß im Dunkeln da und nippte am Rotwein. Es schien mir ohne Zweifel unsinnig zu sein, mit den Observierungen fortzufahren, zudem hatten mich unter der Woche an manchen Abenden Leute auf dem Friedhof gesehen. Ich hatte vom Eingang der Gruft umziehen und mich vor ein Grab stellen müssen, als würde ich jemandem die Ehre erweisen. Mit meiner Thermosflasche in der Gruft herumzuhängen sah verdächtig aus. Nachdem also eine Woche ohne eine einzige Sichtung der Friedhofsfrau vergangen war, hob ich kapitulierend die Hände und sagte, vergiss es. Sie war irgendwo anders, und es war gut möglich, dass ich sie nie wiedersah. Es wäre klug, sie mir aus dem Kopf zu schlagen.

Ich kehrte zu meinen alten Gewohnheiten zurück und nahm meine abendlichen Wanderungen durch den Wald wieder auf. Wenn die Arbeit an den Memoiren für den Tag erledigt waren, packte ich mich warm ein und ging los. Aber ich hatte neue Fragen. *Warum* kam die Frau nicht mehr? Wochenlang war sie zwei- oder dreimal pro Woche gekommen, meist in der Abenddämmerung und immer in ihrem glänzend schwarzen Umhang. Sie hatte einen geschmeidig fließenden Gang und dieses dunkelrote Haar, das über ihren Rücken wallte, und ich beobachtete sie von meinem Fenster aus, bis ich sie zwischen den Grüften und Grabsteinen aus den Augen verlor. Natürlich erfand ich Geschichten über sie. In einer war sie eine Mörderin, eine reuige Killerin, die kam, um am Grab ihres Opfers trauernd zu knien. Ich sah sie dort weinen und sich für das entschuldigen, was sie getan hatte. Oder vielleicht war es ein Kind, das sie verloren hatte. Diese völlige Niedergeschlagenheit, die darauf folgte. Aber warum brachte sie nie Blumen oder sonst etwas mit, das sie vor den Grabstein stellen konnte? Irgendetwas musste hinter ihren Besuchen stecken, eine Art Obsession, und doch hatte sie jetzt offensichtlich damit aufgehört. War sie krank? Auf einer Reise? War sie gestorben? Mal wieder typisch, dachte ich: In dem Moment, in dem ich beschlossen hatte, sozusagen meine Hand nach ihr auszustrecken, mich aus meinem selbst errichteten Käfig zu befreien, hatte sie sich verflüchtigt. Da hatte ich mich nun endlich zu dem Versuch entschlossen, in Kontakt zu einem anderen Menschen zu treten, und genau in diesem Augenblick hatte die Leere Anspruch auf sie erhoben. Ein schwarzes Loch hatte sie verschluckt.

In den Memoiren meiner Mutter waren wir an dem Punkt angelangt, als ihre Eltern ihr Leben in Marokko aufgaben. Davor, in den frühen Fünfzigerjahren, hatten sie in Paris gelebt. Als Kind hatte sie Tee mit Künstlern getrunken, reichen, müßiggängerischen Reisenden und heruntergekommenen Versagern. Ihre Schulausbildung erfolgte recht planlos, die sie umgebende Atmosphäre war tolerant. Dinge wie Marihuana, Mischehen und Homosexualität stellten für ihre Eltern keine Tabus dar. Als sie dann aber in die Staaten zurückkehrten und einen Laden für Kunsthandwerk und Kleidung eröffneten, in dem sie Dinge aus Nordafrika verkauften, ging meine Mutter in Manhattan auf die Highschool und musste sich anpassen. Sie gab ihr Bestes. Von Zeit zu Zeit veröffentlichte ihre Mutter einen Fotobildband oder verkaufte ihr Vater ein Gemälde. Und genau diese Zeit ihres Wechsels in die amerikanische Kultur und zu einer herkömmlichen schulischen Ausbildung, zu einem deutlich regulierteren Leben, als es ihre lässige Existenz im Ausland gewesen war, beschrieb sie mir jetzt. Ich saß am Schreibtisch im Arbeitszimmer, sie schritt in ihren weißen Laufschuhen auf und ab und diktierte. Sie trug ihr weißes Haar streng zu einem kurzen Pferdeschwanz zurückgebunden. Meine Mutter hatte ein vogelartiges Gesicht – scharfer Blick, Habichtsnase, schmale Lippen – und den dazu passenden schmächtigen Körper. Kein Gramm Fett belastete sie, keine Cellulite. Bisweilen schritt sie so schnell über den Boden, dass es schien, als berührten ihre Füße dabei nicht den Teppich. Sie erzählte eine Geschichte, rauchte ihre Zigarette, und dabei wippte ihr Kopf auf den schmalen Schultern. Sie hielt die rechte Hand teilweise geschlossen, Daumen und Zeigefinger ausgestreckt, und stach beim Sprechen auf die Luft ein. Kurz, eine nervöse Frau, was durch die Zigaretten und ihre Sucht nach italienischem Espresso nur noch schlimmer wurde, und ich dachte, dass eines Tages, wenn sie auf die Einfahrt hinausginge, um die Zeitung zu holen, die der Botenjunge brachte, ein kräftiger Windstoß sie einfach von den Füßen heben könnte. Sie forttragen und irgendwo in den Bäumen wieder absetzen könnte. Sie würde hervorragend zu den Amseln passen, dachte ich, die Vögel sahen genauso streng aus wie sie.

Aber unsere Arbeit, die Methode, mit der wir vorgingen – es war mühsam; sie gab mir das Rohmaterial, die Anekdoten und nüchternen Details, und all das baute ich dann aus. Ich formte ihre Erinnerungen, polierte sie auf. Dann folgte ihr Gemecker, wie ich schon sagte, aber wenn sie nicht diktierte, konnte ich wenigstens allein sein.

»Wenn du im Raum bist«, hatte ich einmal zu ihr gesagt, »kann ich nicht schreiben. Lass mich einen Abschnitt schreiben, dann kannst du ihn lesen, und ich kann ihn anschließend umschreiben und so weiter. Irgendwelche Einwände?«

Woraufhin sie davonstolziert war, um sich ihrer Töpferei zu widmen.

Schon merkwürdig, vor einiger Zeit hatte sie ihre Leidenschaft fürs Töpfern entdeckt, und kurz nach dem Kauf dieses abgelegenen Hauses hatte sie sich im Keller eine Werkstatt eingerichtet. Es war alles da: Brennofen, Werkzeuge, Töpferscheibe. Ihr Interesse war bei einem Töpferkurs geweckt worden, den sie in der Stadt gemacht hatte, etwa zu der Zeit, als sie und mein Vater sich trennten, und seitdem war es ihr immer mehr ans Herz gewachsen. Sie tat es allein für sich selbst, konnte ganze Tage damit verbringen, schuf ihre Objekte und stellte sie dann in ein Zimmer oben – in den »Keramikraum«. Sie hatte eine Spüle, einen Kühlschrank und eine Espressomaschine im Keller, und dort hielt sie sich die meiste Zeit auf, wenn sie nicht wegen ihres Buches bei mir im Arbeitszimmer war.

Es war also alles wieder zur Routine zurückgekehrt, und die Memoiren wuchsen Seite um Seite an. Ich war dermaßen enttäuscht vom Verschwinden der Friedhofsfrau, dass mir die Kraft fehlte, bei meiner Mutter aufzuhören. Die Tage verbrachte ich mit Schreiben, am frühen Abend ging ich wandern. Später am Abend trank ich, las ich und sah Filme. *Steckst immer noch fest,* sagte ich mir in der Geborgenheit meines blauen Sessels, aber ich konnte nicht gehen. Der Gedanke, in die Welt zurückzukehren, machte mir Angst. Denn das würde bedeuten, dass ich mich der Einsamkeit stellen müsste, meinem alten Feind. Ich würde dort draußen wieder ganz allein sein, konfrontiert mit der Formlosigkeit des Lebens. Meine Welt hier in diesem Haus, das vollgestopft war mit marokkanischen Lampen und arabischen Teppichen und fluiden, von meinem Großvater gemalten Landschaften, kannte ich in- und auswendig. Und auch wenn meine Mutter ziemlich ausfallend werden konnte, ich war daran gewöhnt. Es gab eine Vertraulichkeit zwischen uns; immerhin schrieb ich ihr Buch, teilte die Geheimnisse und Leidenschaften ihres Lebens. Durch sie hatte ich eine Beziehung zu jemandem, und draußen in der Welt würde ich, wenn ich nach meiner bisherigen Erfolgsbilanz ging, nichts haben. Ich konnte mich einfach nicht mit jemandem vorstellen. Von meinen verflossenen Freundinnen, so wenige es waren, war Charlotte ein Glückstreffer gewesen, sagte ich mir, und das mit Maria war schon sehr lange her. Ich sah mich dort draußen in einem grauen Raum, als alleiniger Bewohner eines Apartments, der urtypische alleinstehende Kerl, der Nacht für Nacht durch die Bars zieht.

Hier konnte ich die Natur genießen und in einem geräumigen Haus leben. Ich bekam keine Platzangst. Und allein zu trinken war nichts, wofür man sich schämen musste.

Genau …

Wenn jedoch die Friedhofsfrau käme, dachte ich, *würde das nicht auch Hoffnung auf etwas bedeuten?* Vor einiger Zeit hatte ich das noch gedacht, jetzt nicht mehr. Sie war mit dem Wind verschwunden, und ich fühlte mich erleichtert. Was hätte ich denn getan, wenn sie gekommen wäre? Mich vorgestellt? Hätte ich versucht, mit ihr Smalltalk zu machen? Sie hätte nur den Kopf geschüttelt, mich als Widerling abgetan und den Friedhof verlassen.

Komm nicht, dachte ich nun. *Wo immer du bist, bleib dort.* Denn nachdem ich sie auf ein Phantasiebild reduziert hatte, konnte ich mir eine wunderbare Begegnung vorstellen. Ich konnte sie lächeln, ihr rotes Haar zurückwerfen sehen, und wie sie mich mit neugierigen Augen anstarrte. Ich sagte ihr irgendwas Bedeutungsvolles, und sie schmolz nur so dahin. Die Realität würde dem überhaupt nicht gerecht werden können.

zwei

Aber dann, eines Abends, kam sie. Gerade als ich sie schon abgeschrieben hatte, sah ich sie.

An diesem Morgen hatte es geschneit, und die Luft hing schwer und kalt in den Bäumen. Ich befand mich nach meiner üblichen Wanderung auf dem Heimweg, und der silberblaue Mond des frühen Abends tauchte alles in ein kristallenes Licht. Der Schnee war kompakt und knöchelhoch, und ich mochte das Knirschen unter meinen Schritten. In meinen Stiefeln, den Handschuhen und mit der Mütze war mir angenehm warm, und ich blieb hier und da stehen, um einen Schneeball zu rollen und dann in den weiten Raum abzufeuern.

Ich verließ den Wald, trat auf eine Lichtung und erblickte direkt vor mir den Friedhof, als ich sah, wie sich dort jemand bewegte. Nicht der Rede wert, dachte ich, ein ganz normaler Besucher, aber dennoch beschleunigte ich zuerst meinen Schritt, dann lief ich los. Aus irgendeinem Grund hatte ich ein komisches Gefühl. Ein stechender Schmerz durchfuhr mich. Ich rannte über die Lichtung hinüber zum Zaun, der eine Seite des Friedhofs begrenzte, und dort bestätigte sich mein Bauchgefühl.

Der schwarze Umhang, die schwarzen Handschuhe, das lange, unverhüllte rote Haar …

Ich blieb atemlos stehen.

Sie musste ihren Besuch bereits gemacht haben, denn sie ging gerade durchs Tor hinaus. Ein weißes, zweitüriges Auto parkte am Straßenrand. Hinter dem Zaun kauernd beobachtete ich sie von schräg hinten, hörte sie Selbstgespräche führen. Die Worte konnte ich nicht verstehen. Dann stieg sie ins Auto und drehte den Zündschlüssel, verließ den Schotterstreifen und fuhr die Straße hinunter. Sie war fort, und ich hatte sie ganze dreißig Sekunden gesehen, aber zu wissen, dass sie zurück war und wieder auf den Friedhof ging, rettete meinen Tag.

An diesem Abend schaffte es nicht mal meine Mutter, mich beim Essen auf die Palme zu bringen. Sie meckerte über die letzten Seiten, die ich ausgedruckt hatte, und ich fiel ihr ins Wort, indem ich anfing, wie eine Ente zu quaken.

Ihre Augen waren grauer Stahl.

»Ich werde sie mir morgen ansehen«, sagte ich. »Heute Abend hab ich gute Laune.«

»Ist das so, ja?«

»Ausnahmsweise, ja.«

»Ausnahmsweise? Mach mich nicht für deine Depression verantwortlich. Was macht dich denn so glücklich?«

»So eine Sache. Würde dich nicht interessieren.«

»Mich interessiert die Verbesserung dieses Abschnitts hier. Der Kerl war mein erster fester Freund, und du hast das einfach nicht gut beschrieben. Du hast nicht rübergebracht, was ich für ihn empfunden habe.«

»Morgen«, sagte ich. »Gib mir deine Anmerkungen.«

»Mache ich.«

»Da bin ich sicher.«

Und morgen, dachte ich, bin ich wieder auf meinem Posten, bereit, hinüberzugehen und sie anzusprechen. Sie wird vielleicht vor Abscheu knurren, aber ich muss es einfach versuchen.

Während der Nacht zog ein Sturm über uns hinweg, und als ich aufwachte, sah ich draußen Schneeverwehungen. Die am Haus vorbeiführende Straße war unter einer weißen Schicht begraben. Die Schneepflüge räumten sie erst später am Tag frei, als der Himmel bereits wieder dunkel war, also rechnete ich an diesem Abend nicht mehr mit ihr. Egal, sie würde schon zurückkommen, und ich wusste, was ich dann tun würde. Statt auf dem Friedhof herumzuschleichen, würde ich nun jeden Tag vor Sonnenuntergang auf mein Zimmer flitzen und mich mit Lesestoff aufs Bett legen. Durchs Fenster konnte ich den Verkehr hören und jedes Auto, das auf der anderen Straßenseite parkte. Wenn jemand anhielte, würde ich hinübersehen und herausfinden, wer es war. Mantel, Stiefel und Mütze lagen neben meinem Bett bereit.

Zwei aufeinanderfolgende Abende saß ich dort vergebens. Ich schmökerte in alten Ausgaben von *Video Watchdog*, las über Kultfilme des Horrorgenres und die Vampirfilme von Jean Rollin. Bei Einbruch der Dunkelheit machte ich einen abgekürzten Spaziergang die Straße hinunter. Aber am dritten Abend kam sie dann, stellte ihren Wagen vor dem Friedhofstor ab, und ich vergeudete keine Zeit und eilte nach unten, obwohl ich keinen Schimmer hatte, was ich sagen würde.

Nachdem die Schneepflüge ihre Arbeit getan hatten, war die Straße jetzt von weißen Haufen eingefasst. Neben dem Wagen der Frau lag hoher Schnee, auf dem Friedhof war er jedoch niedriger, und durch ein Fenster im Wohnzimmer beobachtete ich, wie sie ihre Tür schloss, das Hindernis betrachtete und dann beherzt ansetzte, in ihrem Umhang und den schwarzen Lederstiefeln darüber zu klettern. Sie war gewandt, stolperte nicht, stürzte nicht, und entglitt auf der anderen Seite meinem Blickfeld. Dann tauchte sie hinter dem Friedhofstor wieder auf und stapfte durch fast kniehohen Schnee. Sie war gekommen, um zu tun, was immer sie tat, und kein noch so hoher Schnee würde sie aufhalten.

Draußen herrschte arktische Kälte, aber es war windstill. Als ich die Straße überquerte, spürte ich, wie sich die Haut auf meinem Gesicht straffte. Kondensierter Atem kam mir aus Mund und Nase, und selbst jetzt, in der Abenddämmerung bei weichender Sonne und schiefergrauem Himmel, stach mir das Weiß ringsum noch grell in die Augen. Die Felder in der Nähe wirkten wie mit Zuckerguss überzogen, in den Wäldern dahinter schimmerten die Eiszapfen. In der Stadt, dachte ich, ist es nicht so.

Ich kletterte einen der Schneerücken hinauf, hielt mich dann aber weiter links und mied das Friedhofstor. Wäre ich dort hineingegangen, hätte sie mich gehört und zu mir gesehen, und ich wusste immer noch nicht, was ich zu ihr sagen sollte. Ich würde sie zuerst beobachten, beschloss ich, und abwarten, was sie an diesem Grab machte, das sie aufsuchte. Ich wollte zusehen, wie sie ihr Ritual durchführte, falls es so etwas in der Art war, und erst dann reden.

Ich bewegte mich außerhalb des Friedhofs Schritt für Schritt vorsichtig den Zaun entlang. Bei dieser vollkommenen Stille schien es, als ob jeder meiner Schritte laut hallte, und ich konnte mich selbst atmen hören. Doch die Frau ging zwischen zwei Reihen mit Grüften und Grabsteinen den zentralen Weg des

Friedhofs hinauf und warf dabei keinen Blick nach rechts oder links. Sicherheitshalber blieb ich mehrere Meter hinter ihr. Sie hätte den Kopf weit zurückdrehen müssen, um mich zu erblicken. Und so setzten wir unseren Weg fort, zwei Menschen, allein, Punkte im Schnee, bis sie nach rechts in eine Gruft schwenkte. Ein kreideweißer Würfel. Sie war durch einen gewölbten Eingang hineingegangen, und ich blieb stehen, die Hände auf dem Zaun.

In einem metallenen Flachmann hatte ich Myers's Rum, Brennstoff gegen die Kälte. Ich nahm einen Schluck, verstaute den Flachmann in meiner Tasche und wartete darauf, dass sie das Grabgewölbe wieder verließ. Ich hatte Zeit, die Gruft ausgiebig zu betrachten, und war von ihrer Schlichtheit beeindruckt. Obwohl sie etwa so groß wie ein Gartenschuppen war, fanden sich auf der Außenseite keine eingemeißelten Worte, keine Schnörkel, nichts. *Hat das irgendetwas zu bedeuten?*, fragte ich mich und wartete weiter reglos gegen den Zaun gelehnt. Meine Augen tränten, und meine Nasenspitze, meine Finger in den Handschuhen und meine Zehen begannen zu schmerzen.

Geh, dachte ich, *geh rein. Es ist ein öffentlicher Friedhof. Du darfst hier sein. Sag ihr die Wahrheit, dass du sie beobachtet hast, aber versuche, sie nicht zu erschrecken … Sei freundlich … Sei ganz natürlich … Na los, mach schon …*

Doch als ich es dann tat, erwartete mich eine herbe Überraschung. Ich ging den Zaun entlang, duckte mich durch ein Loch und trottete schnurstracks zu der Gruft hinüber … Nichts. Im Inneren fand ich nichts. Eine leere Kammer: schwarzer Stein und Beton. Auf einer Steinplatte brannte eine Kerze, und in ihrem Licht konnte ich genug sehen. Die Frau war nicht da.

Entmutigt nahm ich einen Schluck aus meinem Flachmann.

Der Himmel wurde inzwischen schwarz wie Tinte.

Bleiben oder gehen?, fragte ich mich und rieb eine Hand an meinem Kinn.

Ich nahm einen weiteren Schluck Rum.

Dann, als erwachte ich aus einer Art Trance, sagte ich mir: *Nein!* Unmöglich. Ich konnte nicht glauben, dass Menschen durch Wände gingen. Ich befahl mir, die Gruft genau zu untersuchen, denn wenn sie nicht in dieser Kammer war, musste sie auf irgendeine Weise hinausgekommen sein. Eine Tür oder ein Gang. Es musste so was geben. Und hatte diese Kammer eigentlich die gleichen Maße wie die Gruft? Von außen hatte die Gruft größer gewirkt als der Raum, den diese Kammer beanspruchte. Es konnte hier noch einen weiteren Raum geben.

Die Kerze auf der Steinplatte befand sich in einem schwarzen Halter aus Glas, und den nahm ich nun, um mich umzusehen. In meinen Stiefeln mit den Gummisohlen trat ich vorsichtig und leise wie eine Katze auf den Betonboden. Mühelos entdeckte ich die Tür in der Wand, ein Stück Metall, das an Scharnieren befestigt war, und ich sah, dass es ein Schlüsselloch gab.

Ich ging in die Hocke und drückte mein Auge an das Loch. Schwärze. Aber neben meinen Knöcheln sah ich ein schwaches Licht, und als ich eine hohle Hand über die Kerze hielt, erkannte ich, dass dieser Lichtschein von einer anderen Quelle kam, einer Beleuchtung hinter der Tür. Ich beugte mich tiefer hinab, um mich zu vergewissern, hatte die Kerze immer noch abgeschirmt und sah, dass, ja, der Lichtschein an meinen Füßen durch einen Schlitz unter der Tür fiel.

Sie war dort drin, in einem anderen Raum oder einer Kammer, und tat irgendetwas.

Ich legte ein Ohr an das kalte Metall der Tür. Ich lauschte auf irgendwelche Geräusche, die Augen geschlossen. Ich war versucht zu drücken, zu sehen, ob die Tür aufschwang, und zugleich argwöhnte ich, die Tür könnte geöffnet werden und die Frau mich hier erwischen. Was würde ich sagen? Aber weder das eine noch das andere geschah. Ich hielt mich zurück, drückte nicht, und sie öffnete nicht die Tür, und nach einer Weile konnte ich eine Stimme hören, vermutlich sagte die Frau etwas. Die Stimme war gedämpft. Und sie stöhnte, ein trauriges Geräusch, wenn auch mit einem ansteigenden, heiseren Ton. Ich wusste nicht, was ich davon halten sollte.

Ich stellte das Kerzenglas zurück auf den Stein, schraubte meinen Flachmann auf und trank. Kniete mich wieder vor die Tür, die Ellbogen auf den Knien. Das Stöhnen mit seiner tiefen Melancholie ging weiter, und dann hörte ich Anzeichen von Bewegung, ein Scharren und einen lauten Schlag. Es klang wie eine Schranktür oder eine Schublade, die zugeschlagen wurde.

Mein Zeichen, dachte ich und schlich auf Zehenspitzen davon.

Ich wartete draußen im Dunkeln hinter einer benachbarten Gruft. Und die rothaarige Frau kam tatsächlich heraus, ihr Gang eher ein Gleiten, selbst im Schnee. Sie ging Richtung Tor. Ich konnte sie im mondlosen Sternenlicht nicht gut sehen, aber ihr Haar schien zerzauster als zuvor. Ihr Umhang war zerknittert. Etwas hielt mich davon ab, herauszuspringen und zu ihr zu gehen, um mit ihr zu reden, und ich blieb, wo ich war, bis ich hörte, wie draußen vor dem Tor der Motor ihres Wagens angelassen wurde.

Eine frische Brise war aufgekommen und wehte mir ins Gesicht. *Ich muss gleich da rein*, dachte ich. Aber ich rührte mich nicht. Falls sich Anzeichen von Erfrierungen bemerkbar machen sollten, würde ich mich drum kümmern. Scheiß drauf. Was machten schon ein paar Frostbeulen? Schmerzen? Ich kam mir ziemlich dämlich vor, sie nicht angesprochen zu haben, und wollte dafür Schmerzen spüren. Und zugleich wollte ich etwas nachprüfen, noch einen Blick ins Innere der Gruft werfen. Wer war dort überhaupt beigesetzt? War das Grab der Stein mit der Kerze darauf, oder befand es sich hinter der Tür in der zweiten Kammer?

Mit einem Kribbeln lief ich dorthin zurück. Die Kerze war aus, und in der Gruft war es pechschwarz. Aber in meinem Mantel war eine Taschenlampe, die ich für meine abendlichen Spaziergänge im Wald immer dabeihatte, und als ich sie anschaltete, sah ich, dass die Tür zur zweiten Kammer sperrangelweit offen stand. Ich richtete den Strahl auf die schwarze Steinplatte; da war nichts außer der erloschenen Kerze in dem schwarzen Glashalter. Keine eingemeißelten Worte, keine Symbole. Dann trat ich durch die offene Tür in die hintere Kammer, und der Strahl meiner Taschenlampe fiel auf einen Sarg. Weißer Stein. Ein Sarkophag. Ich ging näher ran, hielt die Taschenlampe ruhig und ließ den Lichtkegel und meinen Blick über die in Stein gemeißelten Zeichen wandern. Buchstaben und Ziffern. Die Zahlen waren Daten – *15. Juni 1969 bis 10. April 2011* –, die Buchstaben bildeten Worte, und unter den Worten war ein Name: *June Hazzard*. Es klingt bescheuert, aber das überraschte mich. Ich hatte etwas anderes erwartet.

Eine Frau war hier beigesetzt.

drei

Am nächsten Morgen wurde ich von einem pfeifenden Teekessel geweckt. Als ich die Augen aufschlug, erblickte ich einen wolkenlosen, blauen Himmel. Die Sonne schien blendend weiß. Die Luft jedoch musste eisig sein, denn der Schnee schmolz nicht, reflektierte nur die Sonne, und es tat mir in den Augen weh, aus dem Fenster zu sehen. Ich war immer wieder aufgewacht, gestört von Träumen, konfusen Träumen, an die ich mich nicht erinnern konnte, und meine Nachttischuhr zeigte halb elf. Der kochende Teekessel war die Methode meiner Mutter, mich zu wecken und mir zu sagen, ich solle aufstehen, damit wir arbeiten könnten.

Ich aß mein Frühstück und machte mich ans Werk. Ich schrieb über junge Liebe, den ersten richtigen Freund meiner Mutter. Aber nach der letzten Nacht konnte ich mich nicht konzentrieren und starrte ohne zu tippen auf den Bildschirm des Laptops. Meine Gedanken kreisten um das quadratische weiße Grabmal und das Stöhnen, das durch die Tür der Gruft gedrungen war. Ich musste es noch einmal hören, um zu erraten, was das wohl gewesen war. Schluchzen? Wortlose Gebete? Was machte die rothaarige Frau in diesem hinteren Raum, und machte sie das schon seit April, die ganzen letzten acht Monate? Ob June Hazzard eine Partnerin oder eine Verwandte oder eine

Freundin von ihr gewesen war – sie bis zu diesem Punkt beobachtet zu haben hatte zu mehr Fragen als Antworten geführt, so viel wusste ich. Doch mit dem wachsenden Geheimnis nahm meine Begierde ab, mit ihr zu sprechen, schrumpfte förmlich zum Nichts. Ich wollte meine Unsichtbarkeit jedenfalls eine Weile beibehalten. Wenn ich weiter aus dem Schatten heraus beobachtete, so wie ich es in der Nacht zuvor getan hatte, würde ich sie sicher besser einschätzen können. Fürs Erste wäre es schon toll gewesen, einmal ihr Gesicht zu sehen.

Sie könnte entstellt sein, informierte mich eine Stimme. *Sie könnte von Narben verunstaltet sein oder ein missgestaltetes Gesicht haben.* Das hätte eine gewisse Ironie, dachte ich, und wäre bei meinem Glück durchaus nicht unwahrscheinlich. Andererseits: Sie war und blieb fremdartig und seltsam. Ob unansehnlich oder wunderschön, sie war eine faszinierende Frau, und ich fühlte mich gezwungen, sie weiter zu beobachten.

Ich kauerte vor der Metalltür der Gruft und tat genau das. Das war zwei Abende später. Die Kerze in dem vorderen Raum brannte, die Tür zwischen den beiden Kammern war geschlossen, und die Laute, die sie von sich gab, irritierten mich wieder zutiefst. Man könnte es Ächzen oder Stöhnen oder heiseres Grunzen nennen – ich konnte das Erotische dieser Laute nicht verleugnen. Auch Qual, gedämpftes Weinen, aber das Rauchige in ihren Seufzern, die Verzweiflung – das war Lust. Unverkennbar. Oder bildete ich mir das ein? Projizierte ich etwas auf sie? Wie beim letzten Mal brannte ich darauf, diese Tür aufzutreten und nachzusehen. Sie in flagranti bei dem zu erwischen, was immer sie da tat. Aber ich konnte nicht. Hinter der Tür, in dieser weißen Gruft, war sie in einer ganz privaten Handlung vertieft, und einfach so hineinzuplatzen wäre ein grobes Vergehen gewesen. Also verließ ich die Grabstätte, ging an der benachbarten Gruft in Deckung und blieb dort, bis sie weg war. Sie ging wie hypnotisiert durch den Schnee, den Kopf erhoben, den Rücken gerade.

In der Gruft war alles dunkel. Die Tür zwischen den beiden Kammern stand offen. Aber der weiße Sarkophag im hinteren Raum war nach wie vor geschlossen. Ich legte meine Taschenlampe auf den Boden, versuchte den Deckel des Sargs zu bewegen und spürte den Schmerz in meinen sich anspannenden Muskeln. Der Deckel, flach und weiß, war zu schwer – keine Chance, ihn zu bewegen. Ich schnappte mir wieder die Taschenlampe und stand gedankenverloren da, den Strahl der Lampe auf meine Füße gerichtet, und so blieb ich stehen, bis ich zu zittern begann. Die Kälte hatte Besitz von mir ergriffen. Es schien, als sei ich bei der Frau in einer Sackgasse gelandet, sofern ich nicht den Mut aufbrachte, sie anzusprechen, und eine Ermüdung, die ich nicht erklären konnte, erfüllte mich mit Traurigkeit.

Ich ging zurück über die Straße und ließ mir ein Bad ein. Erst viel später, nach dem Abendessen, als ich mir in meinem Zimmer ein Spiel der Knicks ansah, dachte ich an die Fußabdrücke.

An diesem Abend und auch zuvor musste ich im Schnee Abdrücke hinterlassen haben. Sie mussten von einem Loch im Friedhofszaun hinüber zu der Gruft und wieder zurück führen. Aber meine Rothaarige schien sie nicht bemerkt zu haben. Sie war nie stehen geblieben, hatte sie nicht angesehen, nicht aufgebracht gewirkt. Sie hatte sich immer mit diesem gelassenen Gleiten bewegt. Und sie traf stets mit der Abenddämmerung auf dem Friedhof ein und verließ die weiße Gruft nach

Einbruch der Dunkelheit. An diesem Abend hatte der Mond nicht geschienen, auch zwei Abende zuvor nicht, also hatte sie die Spuren vielleicht einfach nicht gesehen. Aber ich konnte es nicht zu weit treiben. Wenn der Boden schneebedeckt war, musste ich Abstand zu ihr halten.

Am nächsten Tag war ich zu aufgeregt zum Schreiben und beendete meine Arbeit am späten Vormittag. Obwohl meine Mutter, die im Keller töpferte, meinte, ich wäre im Arbeitszimmer, schaltete ich meinen Laptop aus und stieg ins Auto. Ich fuhr rüber nach Kingston, eine Fahrt von einer Stunde, und erstand dort ein Teleskop, und als ich wieder im Haus war, baute ich es vor meinem Fenster auf.

Damit werde ich ihr Gesicht sehen, dachte ich. *Sie wird aus dem Wagen steigen, wenn es noch hell ist, und dann werde ich ganz genau hinsehen.*

Ich hörte ein vorsätzliches Husten an meiner Tür.

»Bist du das, Mom?«

Ich drehte mich um.

»Und wo bist du gewesen?«

Sie stand in einem mit Lehm bekleckerten Kittel in meiner Tür, in der Hand eine Zigarette, die schmalen Lippen tadelnd zusammengekniffen.

»Ich musste weg«, sagte ich. »Etwas kaufen.«

»Für das Buch? Recherche?«

»Nein.«

»Sollte ein Witz sein«, sagte meine Mutter.

»Entzückend.«

»Dann kläre mich bitte auf. Setz mich ins Bild.«

»Ich hab das hier gekauft.«

Ich zeigte auf das Teleskop.

»Kurt?«

»Was?«

»Du bist ohne ein Wort gegangen, hast heute praktisch nichts geschafft, um *das* zu kaufen?«

»Das hier ist doch kein Ausbeuterbetrieb, oder? Habe ich nicht das Recht, mal einen Nachmittag freizunehmen?«

»Das Recht?«

»Hm-hmh.«

Sie nahm einen Zug von ihrer Zigarette.

»Ich habe dich etwas gefragt, Mom?«

»Sei nicht so ein Blödmann. Ausbeuterbetrieb! Du hättest mir aber Bescheid geben können. Ich war unten und dachte, du würdest arbeiten, und dann komme ich rauf und sehe, dass du weg bist.«

»Ich wollte das hier haben.«

»Du hättest eine Nachricht hinterlassen können.«

»Ich arbeite morgen.«

Sie nahm einen weiteren Zug und blies den Rauch zur Decke.

»Ma? Der Qualm?«

»Ich muss dir mal was sagen, Kurt. Die letzte Woche, die beiden letzten Wochen trittst du auf der Stelle. Was du schreibst, ist …«

»Nicht, was du haben willst? Wie schrecklich.«

»Es war lausig. Du bist mit dem Kopf nicht bei der Sache.«

»Erlaubst du mir bitte auch etwas Privatsphäre, ja? Ich sagte doch, ich hole es morgen nach.«

»Schön. Also morgen. Aber …« Sie streckte einen Finger aus und stach mit ihm auf die Luft ein.

»Was?«

»Seit wann interessierst du dich für Astronomie?«

»Seit ich hier bei dir wohne«, antwortete ich, biss die Zähne zusammen und lächelte gepresst. »Es hilft mir dabei, nicht zu vergessen, dass es da draußen noch andere Welten gibt. Ganze Galaxien, ob du's glaubst oder nicht, die einen Scheiß mit deinem Buch zu tun haben.«

Der Friedhof, die Gruft, das Buch meiner Mutter, das neue Teleskop – ich hatte schon einen verdammt tollen Privatkosmos. *Freak, Freak. Freak*, dachte ich und spürte, wie mir bei diesem Wort der Kopf schwirrte. Ich knallte die Tür zu, ging zum Fenster und starrte zu der mit Kiefern bewachsenen Reihe von Hügeln hinüber. Sie waren dunkelgrün und weiß unter dem späten Abendhimmel, und auch wenn ich für diese Nacht auf Regen hoffte, der meine Fußabdrücke auf dem Friedhof wegschwemmen sollte, rechnete ich nicht damit. Nicht mal mit Schneeregen. Am Himmel stand nicht eine Wolke, und die Sterne leuchteten wie gelbe Edelsteine.

Um mich zu beruhigen, brauchte ich Medizin. Ich hatte da was zur Hand, und der Einfachheit halber lagerte ich diese Medizin in meinem Kleiderschrank. Dort hatte ich Gläser, ein Weinregal und meinen Korkenzieher, und als mein eigener ratgebender Arzt verschrieb ich mir einen kräftigen Syrah. Ich trank und legte mich dann aufs Bett, den Rücken an die Kissen an der Wand gelehnt, als ich mir überlegte, meiner Rothaarigen als Nächstes außerhalb des Friedhofs zu folgen. Es würde Sinn ergeben, in Erfahrung zu bringen, wo sie wohnte und welches Leben sie führte. Mit wem schläft sie?, fragte ich mich. Gibt es da jemanden? Einen Mann oder eine Frau? Wer immer es war, er oder sie würde sie mit einer Toten teilen. Was immer sie da allein in der Gruft mit dem steinernen Sarg anstellte – sie war dieser Frau verbunden, der Verstorbenen, und zeigte gegenüber June Hazzard die Hingabe eines liebenden Menschen.

Nach einer Weile döste ich ein, und als ich aufwachte, knurrte mein Magen. Meine Mutter hatte mich nicht zum Abendessen gerufen. Oder vielleicht hatte sie ja, und ich hatte es verschlafen. Jedenfalls hatte ich einen Mordshunger, und außerdem war ich mit einer Erektion aufgewacht. Ich wusste, dass ich von der Friedhofsfrau geträumt hatte, wie man so etwas eben weiß, ohne sich an Einzelheiten zu erinnern, und als ich so auf dem Rücken lag, passierte etwas in meinem Kopf. Da ich bislang noch kein Gesicht für die Friedhofsfrau hatte, stellte ich sie mir mit glänzendem Haar vor, aber mit dem Gesicht einer anderen. Ich sah junge Haut, verunstaltet durch die Falten einer Krankheit, verschmierten roten Lippenstift, die trüben, blutunterlaufenen Augen eines Junkies. In meinem Kopf sah ich das Gesicht von Charlotte, und sie sah aus wie ein Zombie in einem Horrorfilm, halb tot und halb lebendig.

Untenrum schlaffte ich ab.

Geschieht dir recht, sagte meine innere Stimme. *Du hast sie damals in dieser Nacht gevögelt und dich verpisst, hast sie im Koma zurückgelassen. Sie hat dich gebraucht, und du hast sie sitzen lassen … Nach dieser Sache verdienst du niemanden mehr.*

Ich knöpfte meine Hose zu und sprang aus dem Bett. Allerdings hatte ich nun meinen Appetit verloren. Ich konnte aber auch nicht still im Haus herumsitzen, fernsehen oder ein Buch lesen, also zog ich mich an und ging hinaus, wärmte den Wagen auf, während die Windschutzscheibe abtaute. Dann fuhr ich ziellos über einsame Landstraßen und öffnete mein Fenster einen Spaltbreit, um die beißende Luft zu spüren. Die Schwärze der Nacht in dieser Gegend war trotz der Sterne förmlich zu greifen, und ich fühlte mich beschwingt, während ich so in ihr herumfuhr. Ich machte Musik an, einen Klassiksender, ein Stück von Vivaldi. Etwas Heiteres mit Streichern und Hörnern. Ich wusste, dass ich nicht mehr in die Gruft gehen und ihr nachspionieren konnte, solange der Schnee nicht geschmolzen war, und das nervte mich, denn ich wollte sie wieder hören, wollte zuhören, wie sie diese leidenschaftlich bewegten Laute von sich gab. *Das sind Laute der Lust*, sagte ich mir immer wieder. *Sie macht da drinnen irgendwas Sexuelles, vielleicht holt sie sich ja einen runter.* Und dieses Bild – sie in der Gruft, die Hände unter dem schwarzen Umhang zwischen ihren Beinen, sich streichelnd – bewirkte, dass ich wieder einen Ständer bekam.

vier

Der nächste Tag war ziemlich hart für mich. Als ich wieder an dem Buch arbeiten wollte, blieb ich schnell stecken. Ich sollte besser sagen, ich kam nie richtig in die Gänge, weil ich zum Schreiben einfach viel zu erledigt war. Etwa gegen Tagesanbruch war ich zurück nach Hause gefahren, hatte mir Eier mit Speck gemacht und mich dann schlafen gelegt. Doch ehe ich mich's versah, kreischte der Teekessel wieder, und ich fand mich damit ab aufzustehen. Ich duschte, kochte eine Kanne Kaffee und setzte mich an den Schreibtisch. Nach unserem Schlagabtausch vom Vortag wollte ich keine weiteren Vorwürfe meiner Mutter bezüglich meiner unsteten Aufmerksamkeit hören. Aber ich war innerlich leer, und auch das Koffein befeuerte meine Kreativität nicht. Ich hatte die Augen auf Halbmast, in meinen Schläfen pochte ein dumpfer Schmerz. Der Sonnenschein, der mir von hinten durch das Fenster auf der anderen Seite des Arbeitszimmers schräg über die Schultern fiel, meinen Rücken und die Oberarme wärmte, verstärkte meine Schläfrigkeit. Nachdem ich zwei Stunden dagegen angekämpft hatte, kapitulierte ich schließlich, fuhr meinen Laptop herunter und streckte mich ohne Schuhe auf dem Sofa aus.

Die Tür des Arbeitszimmers war geschlossen, meine Mutter töpferte unten im Keller. Während ich wegnickte, kreisten meine Gedanken um die geschminkte Frau der vergangenen Nacht und um die Fickerei, der ich mich in ihrer schlampigen Bude hingegeben hatte.

Die Stimme meiner Mutter weckte mich.

»Lust auf Mittagessen, Kurt?«

Sie trug Jeans und ihren mit Ton eingesauten Kittel, eine Zigarette zwischen den Fingern.

Ich gähnte und hatte keine Ahnung, wie spät es war.

»Wie lange hab ich gepennt?«

»Das fragst du mich? Jetzt ist es zwei.«

»Also drei Stunden.«

»Fühlst du dich besser?«

»Ich brauchte den Schlaf.«

»Warum gehen wir nicht irgendwohin essen?«

Das Angebot wirkte aufrichtig, und ich hörte keine Verärgerung in ihrer Stimme. Sie nahm einen Zug von ihrer Zigarette und stieß den Rauch aus. Mit großen Augen schaute sie zu mir herab, und der Anflug eines Lächelns spielte um ihren Mund.

»Und? Hast du Hunger? Ich lad dich ein, Kurt.«

»Ist irgendwas?«

»Wie meinst du das?«

»Du siehst mich ein Nickerchen machen, nicht arbeiten, und du lädst mich zum Mittagessen ein.«

Meine Mutter legte den Kopf in den Nacken, und ich bemerkte, dass sie für eine Frau ihres Alters einen schönen, faltenlosen Hals hatte. Einen Schwanenhals.

»Kurt, zu dir vorzudringen ist genauso schwer wie es bei deinem Vater war.«

»Was hat er jetzt damit zu tun? Ich komme mit.«

»Lass dich von mir zu nichts überreden.«

»Mach ich nicht«, sagte ich. »Ich hab Hunger.«

Aber mein Vater, dachte ich – sie hatte ihn erwähnt, und während ich mich in meinem Zimmer umzog, fragte ich mich, wieso sie an ihn gedacht haben könnte. Wir erwähnten ihn beide nur selten. Als er umgebracht wurde, war meine Mutter kurz davor gewesen, sich von ihm scheiden zu lassen, und der Mörder hatte ihr die Genugtuung genommen, ihn vor Gericht zu bringen und in die sprichwörtliche Mangel zu nehmen. Sie hatte seine Beerdigung mit sehr gemischten Gefühlen vorbereitet. Sie hatten sich einst geliebt, also trauerte sie, aber sie war auch verbittert und verärgert. Sein Abgang hatte ihre Pläne vereitelt. Für sie wäre ein heftiges Scheidungsverfahren eine große Katharsis gewesen, und die hatte sie sich gewünscht, nachdem sie seine ständige Untreue erduldet hatte. Dass sie durch seinen Tod mehr Geld erhielt, spielte kaum eine Rolle – sie war auf den Streit aus gewesen.

Wir nahmen ihren Wagen, meine Mutter fuhr. Ich war seit Monaten nicht mehr mit ihr gefahren. Es erinnerte mich an meine Kindheit, wenn meine Mutter mit mir Klamotten einkaufen gefahren war oder einen Ausflug aus der Stadt unternommen hatte, im Sommer nach Long Island und zum Strand. An diesem Tag war der Himmel bedeckt und die Sonne hinter Wolken verborgen; die Musik, die sie im Radio gefunden hatte, passte dazu. Während ich hinaus auf den Schnee starrte, erkannte ich Sibelius, eine seiner Symphonien, etwas Dunkles und Stürmisches aus Finnland. Und für die Dauer der Musik schwieg meine Mutter, als ob ihr die brausende Komposition laut und deutlich aus der Seele sprach.

Oh Bruder, dachte ich und warf ihr einen schrägen Seitenblick zu. Aber ihr Gesicht war ausdruckslos. Hatte sie vielleicht etwas zu verkünden? Wollte sie, dass ich nicht mehr an dem Buch arbeitete? Falls dem so war, wie würde ich mich dabei fühlen? Befreit und endlich wieder in einer Situation, meine eigenen Projekte zu verfolgen, aber nicht nur. Auch ausrangiert. Ich hatte mir von meiner Mutter zu viel Mist gefallen lassen müssen, um mich jetzt von ihr aufs Abstellgleis schieben zu lassen. Mein Ehrgefühl verlangte, dass ich ihr Buch zu Ende brachte. Wenn es dann bei Veröffentlichung ein Erfolg wurde, wüsste ich, wem das zu verdanken war. Oder dachte sie gerade an etwas völlig anderes, zum Beispiel an meine Abwesenheit letzte Nacht?

Dann wäre sie ganz bestimmt genervt. Aber irgendein Ventil, irgendeine Abwechslung musste ich doch haben, oder etwa nicht? *Sie lebt mit einem erwachsenen Mann zusammen,* dachte ich, *einem Kerl ohne Freundin, und ich gehe nur selten aus. Ist das für sie normal? Soll ich für meine sexuellen Bedürfnisse vielleicht nur meine Hand benutzen, mir einen runterholen?*

Die Frau letzte Nacht hatte ich in einer Kneipe abgeschleppt. Passiert überall. Ich würde ganz schön an mich halten müssen, um nicht laut zu lachen, wenn meine Mutter mir deswegen Vorwürfe machte.

Das Restaurant, das sie aussuchte, lag draußen am Highway und bot einen Blick auf Hügel und ein Tal. Der Kellner führte uns zu einem Platz im hinteren Teil neben einem die ganze Wand einnehmenden Fenster. Draußen schneite es heftig, und über den schneebedeckten Bergkämmen im Westen war der Himmel dunkelgrau mit vereinzelten blauen Stellen. *La Villa Bianca* hieß das Restaurant, und trotz des Wetters waren ziemlich viele Gäste zum Mittagessen da.

»Etwas zu trinken?«

Der Kellner hatte teigig rote Wangen und einen Pastabauch, hielt sich aber in seinem weißen Hemd ziemlich gut.

»Mom?«

»Ich nehme ein Glas Wein. Haben Sie vielleicht einen Chardonnay?«

»Haben wir.«

»Dann den bitte für mich.«

»Und Sie, Sir?«

»Etwas Rotes.«

»Wir haben Chianti, Merlot, einen Nero d'Avola …«

»Den Nero d'Avola, bitte.«

Wenn wir hier etwas tranken, würden wir heute nicht mehr schreiben, das wusste ich.

Als der Wein serviert wurde und wir das Essen bestellt hatten, kam meine Mutter zur Sache. Sie habe mich eingeladen, damit wir reden könnten, sagte sie, damit wir klären könnten, was mit mir los sei. Vielleicht hätte ich ja einen Burn-out, vielleicht brauchte ich ja Urlaub, aber solange ich meinen kreativen Schwung nicht wiederfand, würden wir mit dem Buch nicht vom Fleck kommen.

»Willst du damit sagen«, fragte ich, »dass ich bislang meine Sache gut gemacht habe?«

Sie saugte die Lippen ein. »Du hast deinen Job gemacht.«

»Jeder kann den Job *machen*«, sagte ich. »Falls das der entscheidende Punkt ist. Was ich wissen will, ist, ob dir meine Arbeit gefallen hat.«

»Kurt …«

»Denn Mom, falls du nicht zufrieden bist, solltest du dir besser jemand anderen suchen. Autoren findest du überall. Warum sollten wir das unnötig in die Länge ziehen?«

Sie räumte ein, dass es sie in diesem Stadium weit zurückwerfen würde, wenn sie sich jemand anderen suchte, einen professionellen Ghostwriter. Ein neuer Autor, jemand, den sie nicht kannte, könnte bedeuten, wieder ganz von vorne anfangen zu müssen. Und sie sagte, dass sie es nicht allein tun könnte; sie habe es versucht, bevor ich dazugekommen war, und dabei gelernt, dass sie keine Schriftstellerin sei. Sie brauchte Hilfe, und wer könnte dafür besser geeignet sein als ich, ihr Schriftstellersohn.

Dein Sohn ist der einzige Mensch, der sich deinen Mist gefallen lässt, dachte ich. *Das ist doch der eigentliche Grund, warum du mich haben willst. Ein anderer Ghostwriter, ob gut bezahlt oder nicht, würde sofort wieder gehen.*

Aber sie hatte ihr wichtiges Anliegen offenbart, hatte offen und ehrlich ausgesprochen, dass sie allein das Buch nicht beenden konnte. Ich hatte das Gefühl, jetzt in der stärkeren Position zu sein.

»Ich würde zu diesem fortgeschrittenen Zeitpunkt auch nur sehr ungern aufhören«, sagte ich. »Aber du musst ab und an mit deiner Kritik einen Gang runterschalten.«

»Das mache ich doch nur, damit wir das Buch so gut hinbekommen, wie es möglich ist. Nenn mich ruhig eine Perfektionistin.«

»Dann versuch eine vernünftige Perfektionistin zu sein.«

Der Kellner servierte unser Essen, Pollo Scarpariello für sie, Vitello Parmigiana für mich, und gab frisch gemahlenen schwarzen Pfeffer darüber.

»Danke für die Einladung, Mom«, sagte ich. »Ich hab schon ewig nicht mehr Italienisch gegessen.«

»Sehr gern.«

Draußen vor dem Fenster herrschte das reinste Schneechaos. Die Flocken wirbelten im Wind, verhüllten die Berge. Ihr Anblick verlieh allem eine gewisse Friedlichkeit, und der Klang der Messer und Gabeln auf den Tellern der Speisenden trug zusätzlich zu diesem Eindruck bei. Jeder schien von tiefer Ruhe durchdrungen – die Stimmen waren nur noch ein Raunen.

»Und jetzt zu gestern Abend«, sagte ich beiläufig. »Ich –«

»Ich will nichts davon hören.«

»Nein, es ist nur, dass ich manchmal –«

»Du bist ein Mann«, sagte sie. »Du hast Bedürfnisse.«

»Ein Mann.«

»Denkst du, ich weiß das nicht, weil du mein Sohn bist?«

Sie führte ein Stück Hühnchen zum Mund, kaute und nickte dann. Mein Liebesleben, beziehungsweise das Nichtvorhandensein desselben, war für sie augenscheinlich kein Gesprächsthema.

Scheiße, ich bin nicht mein Vater, dachte ich. *Verheiratet sein, in der Weltgeschichte herumvögeln, seine Frau betrügen …*

»Vielleicht bin ich einfach ausgebrannt«, sagte ich. »Ich könnte durchaus eine Pause vertragen.«

»Lass dir Zeit. Vielleicht müssen wir etwas kürzertreten.«

»Ein paar Tage zum Auftanken?«

»Wie viele brauchst du denn?«

»Brauchen oder wollen? Drei?«

»Mach vier draus.«

Ich war sprachlos und völlig platt angesichts dieser einsichtigen Haltung. Aber ich grübelte über eine Frage, während ich mein Glas hob und einen Schluck von meinem Nero d'Avola trank. Vor einigen Jahren hatte ich diesen Artikel über den Mord an meinem Vater geschrieben. Der *New Yorker* hatte ihn veröffentlicht, und ich genoss das Lob, das ich von den Leuten erhielt, auch wenn er sich auf ein schreckliches Ereignis bezog. Wollte meine Mutter, dass ich ihre Geschichte aufschrieb, weil sie mit ihm konkurrierte? Ursprünglich hatte sie mich für ihr Buch überhaupt nicht eingeplant. Sie bat mich erst um Hilfe, als ich in New York entlassen wurde und herkam, um bei ihr zu wohnen. Ich begründete den Umzug mit Mieteinsparungen, und da ich mit meinem Roman nicht weiterkam, eine Blockade hatte, hoffte ich, meine Phantasie durch die ländliche Umgebung auffrischen zu können. Nicht vorausgesehen hatte ich, dass ich in die endlose Geschichte ihrer Memoiren verwickelt werden würde. Doch genau das passierte. Es endete damit, dass ich meine eigene Geschichte zurückstellte und mich stattdessen auf ihr Buch konzentrierte. *Es ist verrückt*, dachte ich, sah aber auch, wie alles zusammenpasste. Indem sie mich als Ghostwriter benutzte, konnte meine Mutter meinen Vater übertrumpfen. Sowohl meine Mutter als auch mein Vater waren Strafverteidiger gewesen, er mit einer eigenen Kanzlei, sie als Pflichtverteidigerin, und selbst in der glücklicheren Zeit ihrer Ehe hatten sie miteinander konkurriert. Jetzt dachte sie vielleicht, sie würde ihn posthum schlagen. Für ihn hatte ich einen Artikel verfasst, für sie würde ich ein Buch schreiben, und wenn das Buch gut wegkäme, hätte es eine erheblich längere Halbwertszeit als der Artikel. Was auch der Grund dafür sein könnte, warum sie so anspruchsvoll war. Ihr schwebten Memoiren vor, die Bestand hatten, ein literarisches Denkmal ihrer selbst. Allerdings war ich mir bei ihr nie ganz sicher, und ihr diese Frage einfach zu stellen konnte die Wiederannäherung ruinieren, zu der wir gefunden hatten. Ich sagte nichts. Wozu sollte ich sie reizen?

fünf

Meine Mutter und ich waren noch satt von unserem Mittagessen und ließen an diesem Tag das Abendessen ausfallen. Mit meiner neuen Carte blanche in der Hand zog ich mich an, um auszugehen. Das Schneegestöber hatte irgendwann nachmittags aufgehört, allerdings war die Temperatur auf unter fünfzehn Grad minus gefallen – was ich sofort spürte, als ich aus der Tür trat. Wie die Wetterfritzen im Fernsehen sagten, war bei uns der Winter vorzeitig eingetroffen, und ich konnte mich deshalb über die Entschlossenheit der Friedhofsfrau nur wundern. Oder war es Wahnsinn? Dass sie so häufig auf den Friedhof kam, um das zu tun, was immer sie in der Gruft tat, und noch dazu bei dieser Kälte – ich zog es vor, erst einmal kein Urteil zu fällen.

Ich ließ den Wagen in der Einfahrt warmlaufen und überlegte, was ich an diesem Abend unternehmen sollte. Vielleicht einen Film im Kino sehen, sagte ich mir, anschließend eine Kneipentour. Aber ich wollte mich nicht abschießen, keinen Sex im Delirium, den ich am nächsten Morgen zu vergessen hoffte, nichts in der Richtung, und ich schwor mir, auch nicht den ganzen Abend über die Friedhofsfrau zu grübeln. Als ich mich dann aber mit eingeschaltetem Fernlicht in Richtung Stadt aufmachte und gerade am Radio herumfummelte, kam mir ein Auto entgegen, das ich als ihres erkannte: der weiße Zweitürer, ein sportlicher Nissan. Ich warf einen Blick in den Rückspiegel und sah sie auf den Seitenstreifen fahren und schließlich vor dem Friedhofstor anhalten. Es war bereits dunkel, sie war später dran als bei ihren früheren Besuchen. War sie irgendwo von irgendwas aufgehalten worden? Von einem Job? Einem Freund? Ich hatte heute nicht mit ihr gerechnet, war davon ausgegangen, sie erst im Laufe der Woche zu sehen. Doch hier war meine Chance, meine Gelegenheit, ihr außerhalb des Friedhofs zu folgen. Das Kino konnte warten, die Kneipentour ebenfalls. Warum sollte ich nicht einfach versuchen, jetzt das eine oder andere über sie in Erfahrung zu bringen?

Ich wendete und schaltete die Scheinwerfer aus. Ich setzte in die Einfahrt zurück, damit ich von dort aus ihren Wagen im Auge behalten konnte. Ich ließ den Motor laufen und das Radio an, ein Klassiksender, ein Stück von Tschaikowski, und ich gab mich der melancholischen Musik hin, den schwermütigen Klängen des elegischen Russen.

Schwanensee? Nein, Dornröschen. Pjotr ist der Richtige, wenn man im Dunkeln sitzt und über die Straße auf Grabmäler hinüberstarrt, auf Grabsteine, auf die Erde, die mit Tränen gegossen wird. Ich bin besessen von einer Frau, die von einer Toten besessen ist.

Der Schnee des Tages hatte die Luft reingewaschen, sie gewissermaßen poliert. Die Nacht war ein durchsichtiges Schwarz. Ohne das Licht der Scheinwerfer konnte ich bis zu dem Wald jenseits des Friedhofs sehen. Aber was machte meine Mutter gerade? Sie war im Keller, nahm ich an, formte ihre Urnen und Vasen, und ich hoffte sehr, dass sie dort unten blieb. Wenn sie den Wagen in der Einfahrt hörte, dachte sie womöglich, es wäre etwas nicht in Ordnung, und dann käme sie raus, um mich zu fragen, was ich da machte. Wenn sie den laufenden Motor hörte, würde sie vielleicht denken, ich wäre komplett zusammengebrochen und hätte einen Schlauch vom Auspuff zur Scheibe auf der Fahrerseite gezogen. Und wie würde sie reagieren, wenn ich starb? Wenn ich mich umbrächte? Wenn ich, ihr Kind, vor ihr ins Grab wanderte? Manche Mütter peitschen ihre Brüste, wenn so etwas passiert, aber würde meine auch nur eine Träne vergießen? Um ihr Buch würde sie weinen, denn ich wäre nicht mehr da, um weiter daran zu schreiben.

Zwanzig oder dreißig Minuten verstrichen, bevor meine rothaarige Frau den Friedhof verließ. Der schwarze Umhang, die schwarzen Stiefel, die schwarzen Lederhandschuhe – sie trug, was sie immer trug, und ich dachte, sie würde auch in die Richtung fortfahren, die sie immer nahm. Doch das tat sie nicht; sie fuhr in die andere Richtung, nach Süden, setzte den Weg fort, auf dem sie sich befunden hatte, als sie am Friedhof eingetroffen war. Ich hatte sie noch nie in diese Richtung aufbrechen und weiterfahren sehen; leicht verwirrt riss ich die Schaltung in die D-Stellung und trat aufs Gas. Der Wagen schoss mit einem Kreischen nach vorn, rutschte auf einer vereisten Stelle weg, und bis ich ihn endlich wieder unter Kontrolle hatte, hatte ich kostbare Sekunden vergeudet. Die Friedhofsfrau war mir ein deutliches Stück voraus, ihre Heckleuchten schnell verblassende gelbe Flecken in der Dunkelheit.

Null Problemo, dachte ich. Ich hatte ohnehin nicht vorgehabt, zu dicht an ihr zu kleben.

Der Radiosprecher sagte, was ich bereits wusste, nämlich dass ich gerade Tschaikowski gehört hätte. Als Nächstes käme die *Zweite Symphonie* von Brahms. »Bäh!«, machte ich und schaltete das Radio aus. Bei Brahms schlafe ich ein. War schon immer so. Er ist zu – wie sagt man? – ausgewogen. Aber wenn ich Wagner oder Mahler höre, geniale *Verrückte*, bin ich hingerissen. Also fuhr ich in der Stille weiter, vorbei an flachen Schneefeldern, und achtete dabei auf genügend Abstand zu den beiden gelben Ovalen. Dann waren die Ovale weg, hatten sich nach rechts bewegt und waren verschwunden, und ich bremste ab, während ich mich den Lichtern eines Hauses an der Straße näherte. *Dahin* fuhr sie also: zur *Fieldhouse Tavern*. Die Kneipe, in der ich Stammgast war, war früher einmal ein kleiner Bauernhof gewesen, und von außen sah sie mit ihren verwitterten Holzbohlen und dem Satteldach immer noch so aus. Kam sie häufig hierher? Das konnte nicht sein. Ich fuhr geradeaus weiter, um nicht auf dem Gelände zu parken, solange sie dort war, aber im Vorbeifahren warf ich einen Blick hinüber und sah sie aus ihrem Wagen steigen. Immer noch trug sie ihren schwarzen Umhang, hatte die Kapuze nicht hochgezogen und das rote Haar offen. Sie schloss die Tür, und ich richtete meinen Blick wieder auf die Straße, die gestrichelte weiße Linie.

In der Kneipe befanden sich etwa acht Leute, und sie war die einzige Frau. Sie hatte sich einen Hocker fast am Ende der Theke mit deutlichem Abstand zu den anderen ausgesucht, und als ich hereinkam, wurde sie gerade vom Barkeeper bedient. Irgendwas auf Eis in einem Whiskeyglas, gelblich-orange. Sie trank es durch einen dünnen, weißen Halm. Der Barkeeper strich ihren Geldschein glatt, bongte den Betrag und gab ihr das Wechselgeld raus.

»Danke, C –«

Wegen der genäselten Musik, dem Country-Mist aus der Jukebox, hatte ich ihren Namen nicht mitbekommen, fand aber, dass es nicht weiter ungewöhnlich wäre, wenn ich Tony einfach fragte.

»Rum-Cola, Kurt?«

»Myers's mit Limone.«

»Alles klar.«

Ich sah zu, wie er in seinem karierten Hemd und dem schwarzen Cowboyhut auf dem Kopf herumwuselte und meinen Drink zubereitete. Er hatte eine Wampe, Hängebacken und die gelbliche Hautfarbe eines Alkoholikers.

»Danke, Tony.«

Er nahm den Zwanzigdollarschein, den ich auf die Theke gelegt hatte.

»Kann ich dich mal was fragen?«

»Ja?«

»Diese Frau. Die gerade reingekommen ist. Die ist kein Stammgast, oder?«

»Catherine? Sie kommt gelegentlich vorbei.«

»Oft?«

»Ab und an«, erwiderte Tony. »Warum?«

»Nur so ne Frage.«

Tony lächelte und zeigte dabei vergilbte Zähne.

»Man sieht sie nie bei jemandem sitzen. Niemals.«

»Muss sie doch manchmal.«

»Niemals«, sagte Tony.

»Und … warum?«

Tony zuckte die Achseln. »Sie würde sich von dir auch nicht auf einen Drink einladen lassen.«

»Mann!«

»Versuch's doch.«

»Vielleicht später.«

Als er mit meinem Wechselgeld kam, fragte ich ihn, ob er auch ihren Nachnamen kenne.

»Embers«, sagte er. »Cathy Embers.«

»Anscheinend redet sie ja mit dir.«

»Eher wenig. Aber mit dem Barkeeper redet jeder, Kurt.«

Ich futterte Erdnüsse und ließ mir mit meinem Drink Zeit. Ich bemerkte, dass Catherine die Erdnüsse in der Schale vor ihr nicht anrührte, ihren Cocktail aber auf einen Zug leerte. Mein Barhocker stand in der Nähe der Tür am anderen Ende der Theke, die sich hier an der Wand krümmte, weshalb ich ihr schräg gegenübersaß und endlich ihr Gesicht sehen konnte. Acht verlorene Seelen saßen auf ihren Hockern zwischen uns, aber ich konnte sie klar und deutlich erkennen.

Ich sah weder Narben noch irgendwelche Entstellungen. Sie hatte die Handschuhe ausgezogen und auf die Theke gelegt, den Umhang aber anbehalten. *Sie bleibt nicht lange*, dachte ich – ich musste bereit sein, ihr hinterherzugehen, ohne den Eindruck zu erwecken, sie zu verfolgen. Meine Jacke und die Handschuhe lagen auf dem Barhocker neben mir, und ich versuchte, Catherine nicht anzustarren. Der Fernseher über der Theke lief ohne Ton, und ich benutzte ihn, um meine prüfenden Blicke zu verbergen, indem ich zusah, wie die Knicks sich abstrampelten, während ich immer wieder kurz zu ihr hinüberschaute.

Ein großer Ernst lag auf ihrem Gesicht, einem Gesicht mit hohen, wenig eleganten Wangenknochen. Die Farbe ihrer Augen konnte ich nicht erkennen, aber glücklich waren sie nicht. Sie waren große Kreise in den Kratern zwischen ihrer Stirn und den Wangen, und sie starrten auf das Whiskeyglas, wanderten dann zu den Flaschen hinter der Theke und wieder zurück zu ihrem Drink. Sonst nirgendwohin. Und niemand sprach sie an, niemand lud sie auf einen Drink ein, keiner dieser Männer verhielt sich so, wie Männer sich verhalten, wenn eine Frau ohne Begleitung eine Bar betritt. Und nicht einfach irgendeine Frau: eine faszinierende Frau. Denn wenn sie auch keine klassische Schönheit mit wie gemeißelten, symmetrischen Gesichtszügen war, wenn sie auch keine Frau war, die Anmut oder Verletzlichkeit ausstrahlte, besaß sie doch den Reiz von jemandem, der eine stürmische Tiefgründigkeit verbarg. Oder bildete ich mir das nur ein? Lag es an meiner Schwäche für langes, rotes Haar, dunkelrotes Haar? Charlotte hatte auch solche Haare. Verflucht, sah ich nur das, was ich in diesem ausdrucksvollen Mund sehen wollte, selbst wenn er schwieg? Entfache mich, sagte Catherines Mund, lass die Funken aufflammen, vielleicht explodiere ich dann. Sie trank mit einer Miene, für welche die Römer das Wort *gravitas* hatten, aber das schreckte mich nicht ab. Ich hielt das Bild aufrecht, das ich von ihr hatte – eine beharrlich Trauernde, die sogar nach Sibirien gehen würde, sollte June Hazzards Grab dorthin verlegt werden.

Aber alle anderen in der Kneipe … sie mussten sie kennen und hatten verstanden, sich von ihr fernzuhalten. Und wie Tony gesagt hatte, setzte sie sich nie zu jemandem und ließ sich auf keinen Drink einladen.

Die Knicks verloren das Spiel, und in der Jukebox folgte Hendrix' *The Wind Cries Mary* auf Faith Hill. *Gute Wahl*, wollte ich sagen. *Wer immer das ausgesucht hat.* Ich trank meinen Drink im gleichen Tempo wie Catherine ihre zweite Runde. Tony bediente die anderen Gäste, eine missmutige Truppe, die wenig redete, auf den Fernseher starrte und dabei Erdnüsse mampfte.

Als Catherine ihr Glas geleert hatte, schob sie den Ärmel ihres Umhangs hoch und sah auf die Uhr. Ihr Gesicht war so verbissen, wie ich es bisher nicht gesehen hatte.

»Danke, Tony«, sagte ich. »Ich denke, ich geh dann jetzt mal.«

»Schon? Nur einen?«

»Für heute, ja. Bis bald.«

»Fahr vorsichtig.«

Ich musste nur zwei Minuten im Wagen warten, bis Catherine herauskam und auf dem Parkplatz an mir vorbeiglitt. Sie sah stur geradeaus und schien mich nicht zu bemerken, und sobald ihr Nissan auf die Straße bog, fuhr ich ebenfalls los.

Sie führte mich mehrere Meilen durch die dunkle Landschaft. Sie fuhr schnell, und die Straßen waren glatt. Ich hörte keine Musik, damit ich mich voll und ganz auf die Straße konzentrieren konnte. In diskreter Distanz behielt ich ihre Heckleuchten im Blick, die gelben Ovale, während ich sie wegen unseres Tempos verfluchte.

Frau baut Unfall, dachte ich, *und wird von Mann im nachfolgenden Fahrzeug gerettet. Die Folge: Liebe.*

Doch Liebe oder Zuneigung oder etwas in der Art schenkte sie zumindest an diesem Abend jemand anderem. Nachdem wir den Hudson auf der Rhinebeck Bridge überquert hatten, parkte sie in der Nähe des Upstate Films Theater. Vor dem Eingang hibbelte ein Mann in einem langen, grauen Mantel herum, und ich sah, wie er sie auf den Mund küsste. Sie trafen sich, er senkte seinen schmalen Kopf, legte seine Hand auf ihren Arm, ihre Lippen berührten sich, er hob den Kopf. Sie standen vor dem Kino, das aussah wie ein umgebautes altes Haus und in dem ausländische Filme und Indieproduktionen gezeigt wurden, keine Hollywoodkost, ein Lichtspieltheater von unschätzbarem Wert hier oben in der Provinz, und da war dieser Kerl, groß und gertenschlank, mit einem akkurat frisierten, schmutzig-blonden Schopf, der seinen Mund auf ihren drückte. Das alles beobachtete ich aus einiger Entfernung, auf dem Parkplatz in meinem Wagen sitzend, aber ich konnte ganz klar erkennen, dass er ein junges Gesicht hatte. Er schien so um die fünfundzwanzig zu sein, vielleicht zehn Jahre jünger als Catherine Embers.

Seite an Seite gingen sie durch die Glastüren zum Kartenschalter.

Der Laden zeigte *Die Haut, in der ich wohne*, Almodóvars Psychothriller. Das ist, ehrlich gesagt, einer meiner Lieblingsfilme, ein kühler, stilbewusster Film über Rache, aber in dem Moment war mir gar nicht danach, ihn zu sehen, *nicht mit ihnen in der Nähe*. Verdammt, ich würde auf meinem Platz sitzen, die Augen auf der Leinwand gerichtet, versuchen, mich auf die Geschichte einzulassen, und dabei hätte ich die ganze Zeit nichts anderes im Kopf als die beiden, die dicht nebeneinandersaßen. Vielleicht würde dieser Scheißkerl, wer immer er war, im Dunkeln die Hand durch ihr Haar streichen, diese roten Haare durch seine Finger gleiten lassen, mit diesen herrlichen Strähnen spielen. Allein der Gedanke daran kotzte mich mächtig an, dabei hatte ich diesen Abend eigentlich genießen wollen. Also machte ich Schluss, fuhr weg, raste zurück über die Rhinebeck Bridge und fand schließlich eine billige Kneipe in der Innenstadt von Kingston.

Es war wirklich ein Wunder, dass ich sehr beherrscht trank und später selbst nach Hause zurückfahren konnte.

sechs

Während der Zeit, in der ich nicht am Buch arbeitete, wurde es wärmer. Die Temperaturen stiegen, der Himmel blieb klar, und die kräftige Sonne ließ den Schnee schmelzen. Mit jedem Tag verschwand er mehr, der Boden war überall durchweicht. Die Felder um den Friedhof wurden sumpfig, die Erde in den Wäldern verwandelte sich in kalten Matsch. Aber ich hörte nicht auf, meine Spaziergänge zu machen; ich ölte meine Wanderstiefel kräftig ein und absolvierte jeden Abend meine Runde. Manchmal marschierte ich die Hauptstraße hinunter, aber normalerweise wanderte ich über die Felder und in die Wälder. Ich bekam nasse Füße, aber das machte mir nichts aus, ich ging, wohin mich meine Laune trieb: begrünte Hügel hinauf, durch klauenartiges Dickicht, das Ufer eines Bachs entlang. Ich lauschte auf das rauschende Wasser, auf die lärmenden Krähen, die auf den Ästen über meinem Kopf saßen. Den Geräuschen der Natur wurde ich nie überdrüssig – sie waren so etwas wie die Hintergrundmusik zu meinen Gedanken –, und ich vermisste die Kritteleien meiner Mutter wegen Kommas und Semikola nicht eine Sekunde.

Nach drei oder vier Tagen war der ganze Schnee, der sich angesammelt hatte, waren all die Verwehungen und Haufen verschwunden.

Meine Erholungspause war vorbei, und meine Mutter erzählte ihre Geschichte weiter. Sie ließ mich immer noch an dem Kapitel über ihren ersten Freund arbeiten. Das war eine heikle Kiste, denn wir waren bei ihrer ersten sexuellen Erfahrung angekommen. Sowohl in ihren Notizen als auch in ihrem Diktat war meine Mutter bei der Schilderung dieser Ereignisse ziemlich explizit, und ich fühlte mich beim Zuhören unwohl, ganz zu schweigen davon, an diesen Passagen zu arbeiten, sie zu schreiben und umzuschreiben, um sie ihr anschließend vorzulegen.

Sie wollte die Zeit, als sie das erste Mal Sex hatte, präzise dargestellt haben. Es passierte in den Sommerferien auf einer Insel in der Mitte eines Sees. Ich versuchte das einzufangen, was sie wollte, und sie so zu porträtieren, wie sie sich beschrieb: gelenkig und geschmeidig, kleine Brüste, volles schwarzes Haar. Ein Foto, das sie mir gab, zeigte ihr jugendliches Gesicht samt spitzer Nase und Augen mit stechendem Blick. Sie hatte das Lächeln eines unbeschwerten Mädchens, überhaupt nicht berechnend (aber dennoch wachsam – man sah es in ihren Augen), und sie hatte schon damals diesen langen, schlanken Hals gehabt. Die Aufnahme bekräftigte, was sie mir über sich erzählt hatte: dass sie eine glückliche Kindheit gehabt hatte, als sie zuerst in Marokko und später in New York aufwuchs, dass ihr Vater, ein Maler, und ihre Mutter, eine Fotografin, herzlich und liebevoll gewesen waren. Wobei ich mich fragte, wann die Härte in ihre Züge getreten war. Und war diese Härte allein eine natürliche Folge des Älterwerdens oder vielmehr Ausdruck von achtundzwanzig Jahren Ehe mit meinem Vater?

Wohl eher Letzteres, dachte ich, während ich dieses Foto aufmerksam betrachtete, das ich mir zunutze machte, um die

Szene zu schreiben, in der sie sich ihrem ersten Freund hingab. Bei seiner Beschreibung hielt ich mich wieder an ihre Anleitung: ein schlaksiger, siebzehnjähriger Junge, der Geige spielte und an der New Yorker Juilliard studierte. Er erzählte Witze, die sie zum Lachen brachten, und hatte ein bartloses Jünglingsgesicht. Sie wohnten in Greenwich Village im selben Block, ihre Eltern waren befreundet. In diesem Sommer machten sie gemeinsam Urlaub in einer Ferienhausanlage in den Catskill Mountains, und im Verlauf dieser zwei Monate wurden sie und Owen unzertrennlich. An einem Nachmittag im August waren die zwei zu einem nahegelegenen See gegangen und dann rüber zu der Insel gerudert. Jedermann konnte sich eines der Boote am Steg nehmen, doch an diesem Tag waren alle Feriengäste in ihren Häusern. Eine Hitze wie in einem tropischen Regenwald hatte sich über die Catskills gelegt, und bis auf sie beide schien die ganze Welt zu schlafen.

Sie hatten den ganzen Sommer über geknutscht und rumgefummelt, aber sie war mit ihm an diesem Tag nicht zu der Insel hinausgerudert, um das zu tun, was sie dann taten. Der Tag hatte völlig unschuldig mit einem Picknickausflug begonnen. Sie lagen auf einer gelben Decke, in einem Korb neben ihnen Sandwiches, Kekse und Limonade, als aus dem Schmusen und Knutschen mehr wurde.

Sie wehrte sich nicht.

»Ich war nervös, aber ich wollte ihn«, erzählte meine Mutter. »Du musst irgendwie rüberbringen, dass ich körperlich scharf auf ihn war.«

Ich versuchte das auszudrücken. Aber ich kenne niemanden, der eine bewusste Anstrengung unternehmen würde, sich vorzustellen, wie seine Mutter Sex hat, ob nun mit seinem Vater oder einem Geliebten oder in ihrer Jugend. Es war also äußerst strapaziös für mich, dort zu sitzen und all das zu schreiben. Selbst wenn ich mit ihr über Belanglosigkeiten wie die Nachrichten oder das Wetter sprach, bereitete mir das großes Unbehagen.

Zum Beispiel beim Abendessen.

»Du solltest rausgehen, Mom. Es ist inzwischen selbst für dich warm genug, um mal einen Spaziergang zu unternehmen.«

»Ich fühle mich ganz wohl im Haus.«

»Du gehst nie raus.«

»Ich gehe einkaufen.«

»Du fährst, ja. Ich meine aber raus, an die frische Luft.«

»Wenn's wärmer wird. Im Frühjahr.«

»Warum bist du überhaupt aufs Land gezogen? Ist doch ziemlich seltsam, oder?«

»Mir gefällt die Landschaft hier.«

Auch bei solch banalen Unterhaltungen wusste ich, dass ich am nächsten Tag wieder im Arbeitszimmer sitzen und sie mir als fünfzehnjähriges Mädchen vorstellen würde, dünn wie eine Ballerina, das blaue Sommerkleid bis über die Taille hochgeschoben. Ich würde sie ohne Schlüpfer sehen, die Beine um Owen geschlungen, während sie sich im Gras wälzten und schwitzten.

Autsch! Ich wurde rot, wenn ich ihr die Seiten gab, die ich geschrieben hatte. Aber so unangenehm mir das alles war, ihr war nichts Entsprechendes anzumerken. Sie behandelte mich, als wäre ich ein Roboter, ein Sklave ohne jedes sexuelles Empfinden, und das gefiel mir nicht.

Eines Nachmittags wäre es beinahe aus mir herausgeplatzt, und ich hätte ihr von Catherine Embers erzählt. Beinahe. Doch dann entschied ich mich dagegen. Catherine, fand ich, musste mein Geheimnis bleiben. Meiner Mutter von ihr zu erzählen wäre einer Einladung zu Hohn und Spott gleichgekommen und hätte einen Wutanfall provoziert. Sie wäre explodiert, weil jedes Interesse, das ich an einer Frau zeigte, emotionales Interesse, größeres Interesse als an den Hab-sie-in-einer-Kneipe-getroffen-und-gevögelt-Fällen, eine Bedrohung für die Aufmerksamkeit darstellen konnte, die ich eigentlich ausschließlich ihrem Buch widmen sollte.

»Du bist ein Stalker geworden«, hätte sie gesagt (ich konnte es förmlich hören). »Keine Freundinnen mehr. Du bist noch nicht so weit. Nach Charlotte … Hab ich recht? Also stalkst du? Wie verzweifelt muss man sein?«

Leeeeeeeeeck mich.

Aber im Grunde meines Herzens gab ich es zu: Ich *war* ein Stalker. War zu einem mutiert. Indem ich Catherine nach ihren Friedhofsbesuchen folgte, indem ich ihr überallhin hinterherfuhr, manchmal in meinem Wagen, manchmal mit dem Auto meiner Mutter, hatte ich erfahren, wo sie Lebensmittel einkaufte, sich ihren Alkohol besorgte, Leckerchen für ihre Katze erstand. Ich beobachtete, wie sie und dieser Kerl mit dem jugendlichen Gesicht in Kingston essen gingen. Sie lebte in einem eingeschossigen Schindelhaus zehn Meilen nördlich von Kingston, er wohnte in der Stadt in einem Gebäude mit Eigentumswohnungen, und sie trafen sich jedes Wochenende und ein- oder zweimal unter der Woche.

Also, ja, ich stalkte Catherine Embers. Und mir war durchaus bewusst, dass ich weiter gegangen war als ihr nur nachzuspionieren, als sie auf dem Friedhof zu observieren. Dass ich ihre Bewegungen verfolgte, verletzte die Formen des Anstands in einem erschreckenden Ausmaß. Aber ich achtete darauf, dass ich dabei unsichtbar blieb. Ich bedrohte sie nie, schickte keine Briefe, wählte nicht ihre Nummer, um dann schnell aufzulegen, rief sie nicht an, um Obszönitäten auszustoßen. Ich brach abends von Zuhause auf, nachdem ich gebadet und etwas gegessen hatte, und kehrte über sie nachdenkend zurück. Catherine und dieser Kerl. Wie lange waren sie schon zusammen, und wie eng war ihre Beziehung?

Sie küssten sich zwar auf den Mund, aber es waren trockene Küsse. Wenn sie sich bei einem Restaurant oder vor einem Kino trafen oder sich am Ende eines Abends trennten, neigte er seinen Kopf, sie hob ihr Kinn, und er legte seine Hände auf ihre Schultern. Sie sahen sich tief in die Augen und lächelten, und in dieser Haltung küssten sie sich dann flüchtig wie zwei Vögel, die sich das Futter teilten. Es war kein Kuss, der Neid erweckte, nicht die Umklammerung von Menschen, die scharf aufeinander waren. Aber bei Pärchen weiß man nie; ein Mann und eine Frau, die in der Öffentlichkeit zugeknöpft erschienen, mochten im Schlafzimmer die reinsten Akrobaten sein. Und manchmal, nach einem Film und einer Mahlzeit oder einem Besuch in einer Kneipe (ich saß dann immer so weit wie möglich von ihnen entfernt), hatte ich sie zusammen zu seinem Haus fahren und dann hineingehen sehen. Wenn das passierte, fuhr ich auf einen Absacker rüber zur *Fieldhouse Tavern*, weswegen ich nicht mit Gewissheit sagen konnte, ob sie die ganze Nacht miteinander verbrachten. Aber man konnte schon recht sicher davon ausgehen. Sie hatten eine Beziehung, zu der auch Sex gehörte, und vielleicht waren sie sogar ineinander verliebt. Dieser Stachel war schmerzhaft, aber ich musste mir darüber im Klaren sein: Catherine Embers könnte diesen Mann lieben.

Er war Zahnarzt und hieß Ralph Soames. Seine Praxis befand sich in Kingston. Seine private Telefonnummer erhielt ich von der Auskunft, und eines Abends rief ich ihn von einem Wegwerfhandy aus an. Indem ich mich als Mitarbeiter eines Kabelanbieters ausgab, der eine Umfrage bei Fernsehzuschauern machte, erfuhr ich, dass er sechsunddreißig Jahre alt und kinderlos geschieden war. Sein Alter überraschte mich, da ich ihn auf Mitte bis Ende zwanzig geschätzt hatte. Er besaß die entsprechenden faltenlosen, klaren Gesichtszüge, das schmutzig-blonde Haar und die Frisur eines Verbindungsstudenten, war groß und drahtig. Ich sah, wie er abends in einem rot-blauen Sweatshirt aus der Praxis kam, in der Hand eine Tennistasche; es war also auch kein Geheimnis, womit er sich fit hielt. Vielleicht fühlte Catherine sich nur körperlich zu ihm hingezogen, und es steckte nichts Tieferes dahinter. Insgesamt wirkte er auf mich völlig durchschnittlich. Er stand morgens auf und ging zur Arbeit, spielte Tennis, aß gern auswärts und ging gern ins Kino, trug Kleidung von bekannten Modemarken. Was fand sie an diesem faden Gesamtpaket? Ohne etwas über seine inneren Werte zu wissen, vermochte ich es nicht zu sagen. Aber ich wollte rausfinden, ob er von ihrem Friedhofsritual wusste. Da geht man mit jemandem, schläft mit jemandem, und eines schönen Tages verkündet diese Person, dass sie zwei- oder dreimal in der Woche das Grab einer Frau besucht, die ein Jahr zuvor mit einundvierzig gestorben ist. *Wie traurig, aber wer war sie? June Hazzard? Was war sie für dich?* Und wenn er die Geräusche hören würde, die ich gehört hatte, diese lüsternen Seufzer, die sie im Grabmal ausstieß … Wäre das etwas, das ihn verschrecken würde?

Ich wusste, dass ich im Umgang mit Frauen nicht die Leichtigkeit meines Vaters besaß. Jemand, der so viele ins Bett bekommen hatte wie er, muss wohl ein geschickter Verführer sein. Ein solches Geschick fehlte mir völlig, und ich war mir meiner Grenzen nur zu bewusst. Also musste ich es auf dem ganz normalen Weg versuchen, zu Catherine gehen und mit ihr in Kontakt treten. Die ganze Zeit hatte ich nicht einmal das geschafft. Ich musste mich ja nicht auf sie schmeißen und verkünden, dass ich unsterblich in sie verknallt sei. *Ich habe Sie beobachtet. Ich sitze vor einem Teleskop an meinem Fenster und warte, dass Sie auf dem Friedhof eintreffen. Ich habe ganz in der Nähe gestanden und zugehört, als Sie in der hinteren Kammer der Gruft waren.* Nein, Offenheit würde es nicht bringen. Ich würde angsteinflößend klingen. *Catherine, Ihr rotes Haar … Könnten Sie sich vor mich stellen? Den Kopf leicht geneigt? Nach links, bitte, und etwas nach unten … Schieben Sie bitte die Hüfte ein wenig zur Seite … Ja … Ja … Ja* … Nein, ganz sicher konnte ich nicht den geistesgestörten Stalker geben. Sie würde sofort die Flucht ergreifen. Aber ich könnte in der *Fieldhouse Tavern* etwas versuchen. Dort an sie heranzutreten bliebe im Rahmen des Normalen. Ich könnte mit der Tradition brechen und der erste Kerl sein, der sich neben sie setzt, könnte sie auf einen Drink einladen. Oder wäre das zu einfallslos, würde ich mir damit eine sichere Abfuhr einhandeln? In dem Fall würde ich vielleicht etwas Schrägeres versuchen, nicht ganz so extrem wie mein Stalkergerede. Ich würde sie ansprechen, ja, aber anders als der typische Kerl in einer Kneipe. *Hallo. Darf ich mich hierhersetzen? Mit Verlaub … Ich möchte ja nicht aufdringlich erscheinen, aber … Sie sind mir aufgefallen … Sie gehen immer auf den Friedhof ein Stück die Straße rauf … Der hier ganz in der Nähe … Also, ich persönlich liebe Friedhöfe … Hab ein richtiges Faible für sie … Was für interessante Orte … In Baltimore beispielsweise gibt es einen alten, heruntergekommenen Friedhof, auf dem Poe beerdigt ist ... Und in Kairo, wussten Sie, dass es dort einen Friedhof gibt, auf dem eine halbe Million Menschen wohnen ... Ohne Quatsch ... Er ist gigantisch ... All diese Menschen leben zwischen den Grabparzellen, die Ägypter nennen ihn Stadt der Toten ...* Wenn sie so etwas hörte, grotesk, wichtigtuerisch, würde sie entweder zurückschrecken oder sich mit mir unterhalten. Oder vielleicht würde sie auch einfach nur schallend loslachen.

Meine Chance kam an einem nieseligen Abend, als ich sie in der Kneipe sah. Sie saß wieder auf ihrem Hocker fast am Ende der Theke, trank einen Screwdriver, trug eine schwarze Hose und einen schwarz-weißen Pullover. Ihr Umhang lag unter ihr auf dem Hocker, die Wagenschlüssel befanden sich auf der Theke. Es war zwanzig nach zehn, und ich war hergefahren, um ein paar Bier zu trinken und das Spiel der Knicks gegen die Spurs zu sehen. Um diese Uhrzeit hatte ich sie hier noch nie gesehen und dachte, dass sie ihrer heißgeliebten June Hazzard wohl noch einen späten Besuch abgestattet haben musste.

»Tony, ein Corona. Und bring mir dazu einen Tequila.«

Die Jukebox war aus, die Stimme des Spielkommentators erfüllte den Raum. Kaum ein Gast redete. Ich blickte die Reihe der apathischen Männer entlang, sah dann wieder zu Catherines von Sorgen gezeichnetem Gesicht. So allein vor ihrem Cocktail und mit ihrem verschleierten Blick strahlte sie eine Entrücktheit aus, als gäbe es in der Kneipe zwei klar voneinander abgegrenzte Zonen, ihre und die von allen anderen. *Zutritt verboten!*, verkündete ihre Miene, *kommt mir nicht zu nahe.* Und obwohl ich mir genau überlegt hatte, was ich zu ihr sagen wollte, saß ich wie festgenagelt auf meinem Platz. Ich bewegte nur den Arm, um mein Glas zu heben, und die Lippen, um zu trinken. Als das Spiel zu

Ende war (und die Knicks verloren hatten), hatte ich vier Bier getrunken und sechs Kurze gekippt, aber irgendwas in mir ließ mich auf meinem Hocker verharren. Ich konnte mich nicht aufraffen, die Kluft zu überbrücken und zu versuchen, eine Kommunikation in Gang zu setzen. Ich sprach sie an diesem Abend nicht an und sah stattdessen zu, wie sie leicht schwankend ging; ich hoffte, dass sie auf der Straße keinen Unfall baute.

So kann's nicht weitergehen, sagte ich mir und dachte weiter darüber nach, als ich zu Hause ins Bett ging. Ich verachtete meine Unschlüssigkeit, glaubte aber, dass ich unter anderen Umständen meine Gefühle durchaus ausleben könnte, wenn Catherine keinen Freund und ich keine Mutter hätte, bei der ich wohnte. *Diese zwei blockieren alles*, dachte ich, aber bei weiterem Nachdenken versuchte ich mein Problem genauer zu bestimmen. Mehr noch als dieser Ralph Soames waren es meine Mutter und meine Wohnsituation, die mich zurückhielten. Mit einer Frau, die mir völlig gleichgültig war, die ich gerade erst in einer Kneipe kennengelernt hatte, konnte ich reden. Ich konnte mich locker machen und mich von meiner Libido leiten lassen. Wenn das primäre Ziel des Abends Ficken war, konnte ich offen und entspannt sein. Ich sagte dann zu der jeweiligen Frau, mit der ich redete, wir würden wohl in ihrem Bett vögeln müssen, denn ich wohnte zu Hause bei meiner Mutter, und es wäre zu riskant, wenn ich sie dorthin mitnähme. Manche Frauen ließen mich daraufhin sitzen, manche überschütteten mich mit Spott und Hohn – »Wie alt bist du? Wohnst immer noch bei deiner Mutter? Wäscht sie immer noch deine Unterwäsche?« (Antworten: fünfunddreißig, ja, nein) –, aber die meisten waren zu abgefüllt, um den Rückwärtsgang einzulegen. »Dann eben zu mir«, bekam ich dann zu hören. »Trink aus.« In dieser

Arena der alkoholisierten Gehirne und einsamen Körper empfand ich keinerlei Schande, wenn ich verriet, wie ich lebte, und wenn eine Frau darüber kicherte, ging ich einfach ein Stück die Theke entlang zur nächsten. Ich legte eine beharrliche Unbekümmertheit an den Tag, die ich nicht annähernd hinbekam, wenn ich damit konfrontiert war, Catherine anzusprechen.

Daher das Stalken. Das Beobachten. Das abendliche Hinterhertrotten, wenn sie mit Soames essen ging oder durch die Gänge des Minimarkts streifte. Aber sogar ich fühlte mich dabei entwürdigt, und nach allem, was ich über Stalking wusste und von den Folgen gesehen hatte, begriff ich, dass ich damit aufhören musste. Was meine psychische Gesundheit anging, spielte ich mit dem Feuer. Wenn man sich erst einmal auf das Stalking-Spiel einlässt, in den Stalking-Strudel fällt, lässt sich nicht sagen, wo das alles hinführen und enden wird. Und ich stand am Rand des Strudels. Ich begann mir vorzustellen, in Soames' Haus einzubrechen, an einem Abend, wenn sie zusammen aus waren, und mich in seinem Schlafzimmerschrank zu verstecken. Wenn sie dann nach Hause kämen, würde ich mich höchstpersönlich vergewissern, ob sie fickten. Aber wenn ich das wirklich täte, wie weit würde ich noch zu gehen bereit sein? Und wer konnte schon sagen, ob es mich nicht anmachte, wenn ich sie zusammen sah? Wenn ich sie unter Ralph Soames liegen oder auf ihm sitzen sah, konnte das in mir womöglich eine gewalttätige Wut auf den Kerl entfachen. Das Stalking-Syndrom, sagte ich mir, ist eine Sache, bei der es nur Verlierer gibt, und als hätte ich mich davon überzeugen müssen, rief ich mir in Erinnerung, was mit meinem Vater passiert war.

Es war dabei um eine seiner Mandantinnen gegangen. Diese Person, Jill Devers, hatte ihn während der Zeit angebaggert, als er sie anwaltlich vertrat, aber erstaunlicherweise hatte er *Nichts da* gesagt und seinen Schwanz in der Hose behalten, um nicht vom Verhaltenskodex seines Berufsstands abzuweichen. Jill Devers jedoch schrieb ihm weiter und rief ihn weiterhin an, und aus ihren Offerten wurden Beschimpfungen. Das geschah, nachdem er für sie in einem Verfahren wegen des Kaufs von Kokain einen Freispruch erwirkt hatte. Muss man sich mal vorstellen. Man kann alles über diese Episode in meinem Artikel für den *New Yorker* nachlesen (in der Ausgabe vom 27. Oktober 2003), aber langer Rede kurzer Sinn: Sie brachte ihn um. Im Unterschied zu mir war sie eine Stalkerin, die ihr Opfer belästigte, die Warnungen versandte. Sie schickte ihm mit der Post »Souvenirs« wie ihre Unterwäsche und hinterließ Nachrichten auf seinem Anrufbeantworter, in denen sie ihm erzählte, was er in der fraglichen Woche getan hatte, wo er gewesen war, dass sie ihn beobachtet hätte. Wer war die Frau, mit der er abends essen gegangen war?, fragte sie. Liebte er sie oder war sie nur ein Fick? Sie schickte ihm Päckchen mit selbstgemachten, aus Wachs modellierten Puppen, und jede Puppe hatte ein Foto seines Gesichts am Kopf kleben. Einer dieser Nachbildungen waren Nadeln in die Augen gestochen worden, einer anderen ragten in der Woche darauf Wurfpfeile aus der Brust. »Ich lasse mich nicht ignorieren«, lautete ihre Botschaft, aber mein Vater ignorierte sie dennoch. Er und meine Mutter hatten sich getrennt, und meine Mutter hatte ihre Anwälte beauftragt, die Scheidungspapiere aufzusetzen. Mein Vater war aus unserem Brooklyner Brownstone aus- und in ein Hotel am Central Park South umgezogen, ins *Essex House*. Dort wohnte er stilvoll und setzte sein Berufsleben und seine sexuellen Eskapaden fort, und vielleicht war es ein gewisser Hang zum Leichtsinn, der ihn dazu veranlasste, Jill Devers auf Distanz zu halten. Er erzählte mir von ihren Belästigungen; ich bat ihn eindringlich, ihr die Cops auf den Hals zu hetzen. »Besorg dir eine Schutzverfügung gegen sie«, sagte ich. Er lachte nur. Das Diktat des Machismo und seine Arroganz bewirkten, dass er Jill Devers unterschätzte. Und zu wissen, dass sie sich seinetwegen quälte, dass diese junge Frau (sie war siebenundzwanzig) sich erotisch auf ihn fixiert hatte, musste seine Eitelkeit geschürt haben. Einmal, bei einem Mittagessen mit mir, tat er sie mit einer selbstgefälligen, verächtlich wegwerfenden Handbewegung als harmlos ab. Aber so harmlos war Jill Devers nicht. Eines Abends rauschte sie ins *Essex House* und ging mit großen Schritten an der Rezeption vorbei. Sie stieg in einen Fahrstuhl. Später sollte sich herausstellen, dass sie an diesem Tag angerufen und sich nach der Zimmernummer meines Vaters erkundigt hatte. Sie machte es wie bei einer Hinrichtung, zwei Schüsse sauber in seinen Kopf, und niemand gab an, die Schüsse gehört zu haben.

Der Zimmerservice fand ihn am nächsten Morgen.

Jedenfalls, um aufs Stalken zurückzukommen: Wie ich bereits sagte, ist die Geschichte mit Jill Devers der Beweis, was Stalking und Besessenheit mit dem Verstand anstellen können. Sie können ihn verzerren. Ihn in den Mahlstrom eines Mordrauschs führen. *Catherine Embers, Ralph Soames – warum müsst ihr zusammen sein? Du, Soames, verdienst du ihre Zuneigung? Fick dich, du Arschloch! Du kennst sie ja nicht mal. Ich kenne sie. Ich allein weiß, dass sie eine Tote liebt und ihr Grab genauso häufig besucht, wie sie mit dir ausgeht. Also verpiss dich!*

Es dürfte klar sein, worauf ich hinauswill. Wenn du nachts mit solchen Gedanken im Bett liegst, ist es kein großer Schritt, dir vorzustellen, Ralph Soames auszulöschen. Catherine nicht.

Ihr würde ich niemals etwas antun. Aber Soames, das Hindernis – du stellst dir vor, wie du eine Handfeuerwaffe kaufst, abends an der Tür seiner Eigentumswohnung klingelst, ihn zurück in die Wohnung drängst, wenn er dir aufmacht, ihn zwingst, sich auf dem Rücken aufs Bett zu legen, und ihm ein Kopfkissen aufs Gesicht drückst. Und dann schießt du, Wamm!, ins Kopfkissen. Ein stiller Tod. Hindernis beseitigt. Ein Klacks …

Übrigens, um noch mal einen kurzen Schlenker zurück zu machen: Durch meinen Hinweis haben sie Jill Devers geschnappt. Als ich aufs Revier ging, sagte ich der Polizei, dass mein Vater, obwohl er Strafverteidiger gewesen sei, keine bekannten Feinde gehabt habe. »Schließt das Ihre Mutter ein?«, fragten sie mich, und angesichts des Zustands der Ehe meiner Eltern konnte ich jedenfalls nicht sagen, dass sie ihm gegenüber nicht feindselig eingestellt war. Sie müssen sie wohl als Verdächtige ins Auge gefasst haben. Allerdings erwähnte ich diese Devers und ihre Besessenheit von meinem Vater, und das führte die Cops schließlich zu ihr.

Kein Wunder; ich habe die Theorie, dass die meisten Stalker sich gewissermaßen selbst verhaften. Ich habe diesbezüglich keine wissenschaftliche Untersuchung durchgeführt, aber ich wette, dass ich recht habe. Stalker werden von ihren Obsessionen viel zu sehr beherrscht, um sich unverdächtig zu verhalten. Am Ende machen sie irgendwas völlig Groteskes, Mord oder Vergewaltigung, oder sie klauen einen Gegenstand der Person, von der sie besessen sind. Getriebenheit führt zu Nachlässigkeit, zu Fehlern bei der Ausführung des Verbrechens. Viele von ihnen wollen gar nicht unerkannt bleiben, nicht einfache Spanner sein. Sie müssen ein Statement über ihre fiebrige Liebe abgeben, und das Verbrechen ist ihre förmliche Liebeserklärung, ihr Bemühen um Aufmerksamkeit.

Siehst du, Catherine. Denkst du, es ist mir nicht ernst? Ich habe Ralph Soames umgebracht, weil ich dich liebe. So ist es. Ich habe nicht den Verstand verloren. Ohne guten Grund würde ich niemals einen Menschen erschießen. Hier spricht keine Psychose, sondern die Liebe.

Solcherart Gedanken sah ich anrollen, und ich sagte mir, dass ich aufhören musste, mich weiter in etwas hineinzusteigern, bevor ich noch einen Nervenzusammenbruch bekäme. Wie groß war der Schritt von der bloßen Vorstellung bis zur tatsächlichen Ausführung? Mit dieser Kanone, die zu kaufen ich mir vorstellte, könnte ich auch meine Mutter erledigen, nachdem Soames beseitigt wäre. Indem ich sie auslöschte, könnte ich die Last ihres Buches von mir nehmen. Mein Stolz ließ nicht zu, dass ich das Buch aufgab, aber ihr Tod würde dafür sorgen. Und welche Befreiung würde ich empfinden, wenn ich nicht jede kleinste Kleinigkeit ihres Lebens auswalzen müsste, ihre sexuelle Initiation als Teenager …

So kann's nicht weitergehen, hatte ich mir immer wieder gesagt; *ich muss den in mir aufgestauten Druck loswerden.* Und wer kann schon sagen, was ich womöglich getan hätte, wenn sich nicht alles so dramatisch verändert hätte. Zu meinem Entsetzen fand ich heraus, dass noch jemand Catherine Embers folgte. Eine andere Person spionierte ihr nach, ein anderer Mann. *Verfickt noch mal*, dachte ich. *Er wildert in meinem Gebiet.* Doch dann spürte ich, wie meine Empörung abebbte, und ich sah, wie unterhaltsam dies alles geworden war.

Der andere Mann, der sie beschattete, war Ralph Soames.

sieben

Ich bemerkte ihn eines Abends, als sie zum Friedhof kam. Ihr weißer Nissan stand vor dem Friedhofstor, und sie marschierte in ihrem schwarzen Umhang an den Grabstätten und Grabsteinen vorbei zu June Hazzards Gruft. Das war nichts Ungewöhnliches, und in meinem Zimmer machte ich mit meinem Teleskop einen Schwenk zu dem Kiefernwald hinter ihr, als wäre es mit einer Kamera verbunden. Die Sonne war hinter diesen Bäumen untergegangen und verlieh dem Himmel einen leuchtenden Farbton von geschmolzenem Kupfer. Ich stieß einen Pfiff aus. Ich schätzte diesen Blick sehr, diese Aussicht, die jederzeit etwas Großartiges bieten konnte. Kräftige Farben. Ein abstraktes expressionistisches Wolkendesign in glühenden Farbtönen. Wenn ich in meinem Zimmer war und Catherines Auto nahte, sah ich durch mein Fernrohr zu ihr hinüber und interessierte mich dabei weniger für die einfache Tatsache ihres Kommens und Gehens als vielmehr dafür, Catherine als einen Teil der Landschaft wahrzunehmen. Da war sie in ihrem Umhang, mit ihren langen roten Haaren, unter einem bedrohlich grauen oder, wie an diesem Abend, dunkelorangen Himmel. Manchmal zog ich dann Jacke und Stiefel an und flitzte zu der Gruft hinüber, um Catherine im hinteren Raum stöhnen zu hören, aber inzwischen hielt ich mich meistens vom Friedhof fern. Ich kannte Catherines Ritual in- und auswendig und hatte alles erfahren, was sich durch reine Beobachtung herausfinden ließ.

Dann veränderte Soames an diesem Abend alles. Ich hatte mich von meinem Teleskop erhoben und wandte mich gerade von meinem Schlafzimmerfenster ab, als ich seinen Wagen die Straße heraufkommen sah, einen silbernen Jaguar. Wie gelähmt legte ich mein Gesicht an die Scheibe. Ich war ihm und Catherine oft genug gefolgt, um sein Fahrzeug sofort zu erkennen. Er passierte relativ schnell den Friedhofseingang und das parkende Auto seiner Freundin, aber er war noch nicht weit am Haus vorbeigefahren, als er abbremste und mitten auf der Straße anhielt.

Ich setzte mich wieder an mein Teleskop, ein Auge ans Okular gedrückt. Der Jaguar stand links von mir, und ich sah Ralph Soames in einem blauen Mantel die Fahrertür öffnen und aussteigen. Er blickte zum Friedhof zurück. Sein kantiges Gesicht wirkte gekränkt. Ich wagte mal zu behaupten, dass es nicht seiner Vorstellung von einem angenehmen Abend entsprach, hier in seinem unförmigen Mantel und einer Skimütze auf dem Kopf herumzustehen. Er schien Catherines Wagen anzustarren, fragte sich womöglich, wohin sie gegangen sein mochte. Von ihr war weit und breit nichts zu sehen, und dass sie in June Hazzards Gruft gegangen war, hatte er nicht mitbekommen.

Er stand vielleicht fünf Minuten auf der Straße und bewegte sich nicht mal, als sich ein Auto näherte. Der Fahrer musste einen Schlenker machen, um ihm auszuweichen, und hupte. Dann stieg Ralph Soames wieder in seinen Jaguar, wendete und verschwand in die Richtung, aus der er gekommen war. In meinem Objektiv bewegte er sich von links nach rechts. Ich weiß nicht, ob er weiter unten auf der Straße anhielt, um darauf zu warten, dass Catherine an ihm vorbeikam, aber falls er das tat, hatte er eine lange Wartezeit vor sich. Nachdem Catherine in der Gruft fertig war, fuhr sie in der entgegengesetzten Richtung davon. Ihr Ziel war zweifellos die *Fieldhouse Tavern,* die sie üblicherweise nach einem Friedhofsbesuch ansteuerte.

Das war also dieser Abend, so etwas war noch nicht geschehen. Und wie ich bereits sagte, war meine anfängliche Reaktion auf Soames Wut. Er hatte hier rein gar nichts zu suchen, kreuzte einfach so in unserem Reich auf. *Ich* teilte den Friedhof mit Catherine. Nicht er. Ich. Es brachte mich auf die Palme, dass er ihr nachspionierte, hinter ihrem Rücken herumschlich.

Ich kann Catherine nachspionieren, dachte ich. *Dieses Privileg gebührt allein mir. Aber Catherine weiß nichts von meiner Existenz, und was sie nicht weiß, kann ihr auch nicht schaden. Ich bin nicht ihr fester Freund. Ich habe ihr Vertrauen nicht missbraucht.*

Erst als ich mich wieder etwas beruhigt hatte, begriff ich die ganze Tragweite seiner Privatschnüfflernummer. Catherine und Ralph hatten Probleme, das Misstrauen hatte sein hässliches Haupt erhoben. Vielleicht hatte er sie ganz offen gefragt, wohin sie an drei Abenden die Woche ging, und sie hatte ihm nur kryptische Antworten gegeben.

Er glaubt, es gibt jemand anderen, dachte ich. *Dass sie sich mit jemandem trifft.*

Rein zufällig tut sie das auch – mit einer Toten.

Mit den Toten ist schwer zu konkurrieren, was, Soames? Noch dazu mit einer toten Frau?

Was tust du nun? Soll ich dir sagen, was du tun sollst?

Stell dich hinten an, Mister. Stell dich an.

acht

Die folgenden drei Abende verließ ich nicht das Haus, um Catherine oder Ralph zu folgen. Nach meiner Arbeit an dem Buch war ich müde und ging jeden Abend früh zu Bett. Catherine besuchte einmal die Gruft; Ralph tauchte nicht hinter ihr auf. Was anderswo zwischen ihnen abging, wusste ich nicht. Aber allem Anschein nach hatte ich zwei realistische Möglichkeiten: der Beziehung ihren Lauf nehmen lassen, wohin auch immer das führen mochte, oder aber etwas unternehmen, um den Bruch zu vertiefen, den ich zwischen ihnen entstehen sah.

Meine Entscheidung lag auf der Hand. Ich würde ihre Beziehung fertigmachen. Ich hatte lange genug toleriert, dass Ralph sich mit Catherine traf. Und musste ich angesichts des Misstrauens, das er ihr gegenüber an den Tag legte, überhaupt viel tun, um den Riss zwischen ihnen zu vergrößern?

Wieder war ein Wegwerfhandy die Waffe meiner Wahl.

»Sind Sie das, Ralph? Spreche ich mit Ralph Soames?«

»Wer sind Sie?«

»Entschuldigen Sie, dass ich an einem Sonntagabend störe.«

»Ralph Soames am Apparat.«

»Schauen Sie sich irgendwas an? Ich glaub, ich hör da was.«

»Wie bitte?«

»Allein zu Haus vor der Kiste?«

»Ich erkenne Ihre Stimme nicht.«

»Die haben Sie ja auch noch nie gehört«, erwiderte ich. »Aber meine Frage lautet: Was macht Catherine heute Abend so?«

Das entlockte ihm keine Antwort, und ich meinte zu hören, wie ihm der Atem stockte.

»Haben Sie mich verstanden, Ralph? Ist doch eine legitime Frage.«

»Wenn Sie mit mir reden möchten, sollten wir uns irgendwo treffen.«

»Sie haben eine tiefe Stimme«, sagte ich. »Hätte ich bei Ihnen gar nicht vermutet.«

»Hör zu, Arschloch –«

»Keine Ahnung warum, aber ich bin noch nie einem Zahnarzt mit einer tiefen Stimme begegnet. Das sind immer Typen mit so einem leisen, monotonen Gesumme. Kopf zurück. Aufmachen. So ist gut. Bisschen mehr.«

»Was soll das hier?«

»Ich kann auch ›aufmachen‹ sagen. Dafür muss man kein Zahnarzt sein.«

»Und?«

»Und genau das tut sie – Catherine. Aufmachen, weit aufmachen. Genau das tut sie für mich.«

Ich hörte einen Piepton, dann nichts mehr. Er hatte aufgelegt.

Am selben Abend, nur eine Stunde später, rief ich ihn wieder an. Er sagte nicht Hallo, als er ranging, und ich hörte die Stimme eines Moderators von »Double Major« sprechen.

Eishockey.

»Haben Sie Catherine schon mal zu einem Spiel mitgenommen, Ralph? Hat sie Spaß an Sport?«

»Soll das heißen, das wissen Sie nicht?«

»Ich halte mich nicht mit Sport auf, wenn ich mit ihr zusammen bin.«

»Sie doch nicht. Warum sollten Sie auch?«

»Es gibt andere Sachen, mit denen wir uns beschäftigen.«

»Das sagten Sie bereits. Sie öffnet sich für Sie, macht die Beine breit …«

»Genau.«

»Wie schön für Sie. Sie sind ein echter Glückspilz.«

Er schien nicht weiter überrascht, dass wir wieder miteinander redeten, und ich überlegte, ob ich mit meinem Rückruf vielleicht zu lange gewartet hatte. Während dieser einen Stunde hatte er sich gefasst. Er klang auch eine Idee spöttisch, als wäre er mir bereits auf die Schliche gekommen und wüsste, dass ich Catherine gar nicht traf. Hatte sie ihm von June Hazzard erzählt? Von ihren Besuchen in dem Grabmal? Ich hatte angenommen, dass sie ihm diese Information vorenthielt, aber vielleicht hatte sie ja geredet. Vielleicht hatte er sie nach dem Abend, an dem er ihr zum Friedhof gefolgt war, mit Fragen überschüttet, und sie hatte sich ihm mitgeteilt, hatte die Identität der »anderen Person« preisgegeben. Womöglich wusste er, was sie in der Gruft machte, während ich immer noch keinen Schimmer hatte. Der Arsch. Was immer er wusste – es schreckte ihn nicht ab? Er setzte ihre Beziehung fort?

Nachsichtiger Knabe. Deine Freundin hat was mit einer Toten laufen, und du kommst dahinter und nimmst das voll entspannt.

»Keine Ahnung, warum Sie sagen, ich wär ein Glückspilz«, erwiderte ich.

»Anders kann man Ihren Erfolg nicht beschreiben.«

»Ich bin selbst meines Glückes Schmied.«

»Jetzt weiß ich, dass Sie es nicht ernst meinen.«

»Für einen Kerl, dessen Freundin fremdgeht –«

»Falls sie das tut, dann ganz sicher nicht mit Ihnen.«

»Falls?«

»Ich sollte mich korrigieren. Falls Sie mit Ihnen fremdgeht, hat sie nicht viel gemacht.«

»Sie kennen mich doch gar nicht.«

»Maximal hat sie Ihnen einen runtergeholt. Wenn Sie wirklich ein *Glückspilz* sind, haben Sie zumindest das von ihr bekommen.«

»Ich …«

»Und wo Sie's gerade erwähnen, ich glaube, ich kenne Sie vielleicht doch.«

»Ja. Sie wissen, dass ich der andere Kerl bin, mit dem sie sich trifft.«

»Nein, aber ich habe da so eine Ahnung.«

Das Piepen, das Rauschen in der Leitung, und ich spürte ein heftiges Pochen am Hals.

Der Anruf war nicht annähernd so verlaufen, wie ich es erwartet hatte.

Gegen sieben Uhr am folgenden Morgen klingelte es an der Tür. Meine Hand verkrampfte sich, und um ein Haar hätte ich die Bratpfanne fallen lassen. Wir hatten nie Besuch, und ich konnte mich nicht erinnern, wann das letzte Mal jemand geklingelt hatte.

Ich stellte die Pfanne auf den Herd und drehte die Flamme runter. Ich hatte die Pfanne mit Olivenöl bestrichen und anschließend auf der Arbeitsfläche neben mir die Hühnerbrust gesalzen.

»Wer ist das? Hat's an der Tür geklingelt?«

Meine Mutter war unten im Keller, arbeitete an einem neuen Meisterstück der Töpferei.

»Hat es, ja«, antwortete ich. »Keine Ahnung.«

»Kannst du mal nachsehen?«

»Ich hab's vor, Ma, ja.«

Ich öffnete die Tür und hatte Ralph Soames vor mir: sein von der Kälte gerötetes Gesicht, das blonde Haar ordentlich gekämmt. Er trug seinen blauen Mantel, allerdings keinen Schal und keine Handschuhe.

»Kann ich Ihnen helfen?«

Er verschwendete keine Worte. »Waren Sie das?«

»Entschuldigung?«

»Der *andere* Kerl.«

»Falls Sie jemanden suchen …«

»Sie sind's«, sagte er. »Ich hör's. Dieselbe Stimme.«

Ich hätte ihm wahrscheinlich die Tür vor der Nase zugeknallt, wäre in diesem Moment nicht meine Mutter durch die Kellertür hinter mir herangestampft.

»Kurt, wer ist das?«

»Niemand, Ma.«

»Ich sehe doch, dass es jemand ist.«

Soames reckte den Hals, um einen Blick über meine Schulter werfen zu können, und seine Augenbrauen verwandelten sich in Fragezeichen, als er meine Mutter sah: eine weißhaarige Frau mit einem Vogelgesicht in schwarzer Strumpfhose und langem schwarzen Pullover, die Hände mit Ton verschmiert.

»Erbärmlich«, sagte er lächelnd. »Scheiße, das passt.«

»Kennst du diesen Mann?«, fragte meine Mutter, die immer noch irgendwo hinter mir war.

»Ein Typ, der noch bei seiner Mutter wohnt.«

»Es ist niemand, Ma.«

»Ihr Sohn ist wirklich spitze. Er ruft andere Männer an, um mit ihnen über ihre Freundinnen zu reden.«

Ich drehte mich zu meiner Mutter um und rollte mit den Augen, machte mich über die Begegnung lustig, doch sie hatte ihre Adleraugen bereits auf Soames geheftet, als würde sie versuchen, ihm in den Kopf zu sehen.

»Ich spreche von obszönen Anrufen«, fuhr Soames fort. »Sie verstehen, was ich meine?«

Ich sah wieder ihn an. »Sie sollten von der Veranda verschwinden. Und schaffen Sie Ihre verfluchte Karre aus der Einfahrt.«

»Wenn Sie noch mal anrufen«, sagte er, »werde ich die Cops verständigen.«

»Die rufe *ich* an, wenn Sie nicht sofort von unserem Grundstück verschwinden.«

Er schüttelte den Kopf, und ich schloss die Tür, wartete darauf, seinen Wagen anspringen zu hören.

»Unser Grundstück?«, sagte meine Mutter. »Seit wann ist dieses Haus *unser* Eigentum?«

»Seit ich eingezogen bin? Ich weiß nicht. Seit ich an dem Buch arbeite?«

»Komm nicht auf dumme Gedanken.«

»Ich sag ja nur.«

»*Was* sagst du nur?«

»Wer schreibt denn das Buch jetzt, und wer konnte es vorher nicht selbst schreiben?«

»Ich muss noch Ton anwärmen, Kurt. Halt mich bitte aus deinen Frauengeschichten raus, ja?«

»Ich habe dem Kerl nicht gesagt, dass er herkommen soll.«

»Du hast irgendwas getan, um ihn zu verärgern. Das ist ja wohl klar.«

»Und dich hab ich nicht gebeten, aus dem Keller zu kommen.«

»Es ist mir egal, was du in deiner Freizeit machst, Kurt. Bring es nur bitte nicht hier in dieses Haus.«

»Glaubst du das, was er gesagt hat? Das war doch völliger Schwachsinn.«

Meine Mutter hob schnuppernd den Kopf. »Brennt in der Küche irgendwas an?«

Das Olivenöl – ich hörte es brutzeln.

Scheiße.

»Ich hab vergessen –«

»Dann geh mal lieber«, sagte sie.

Ich lief schnell in die Küche zur Bratpfanne, versuchte den Rauch wegzuwedeln, und meine Mutter kehrte in den Keller zurück.

Wie ich sah, blieb Soames auf unserem Grundstück. Er saß in unserer Einfahrt in seinem Wagen, der direkt hinter meinem stand. Die Innenbeleuchtung des Jaguars brannte. Er hatte beide Arme aufs Lenkrad gelegt, sein Kinn ruhte auf den Unterarmen. Dieses ausdruckslose Nullachtfünfzehngesicht – er schien einfach geradeaus zu starren. Wollte er mich provozieren, dieser Dreckskerl, versuchte er, mich aus dem Haus zu locken und zu einer körperlichen Auseinandersetzung zu verleiten? Ich beobachtete ihn durchs Küchenfenster, hatte die Gardine ein paar

Zentimeter zur Seite geschoben. Eines musste ich dem Typen lassen: Da draußen in unserer Einfahrt zu sitzen, mir damit *Leck mich!* zu sagen, das bewies Eier.

Ohne Mantel öffnete ich die Haustür und ging hinaus. Eisige Luft schlug mir ins Gesicht. Aber ich ging weiter, direkt auf den Jaguar zu, und Soames zeigte mir durch die Scheibe auf der Fahrerseite den Mittelfinger. Ich meinte, ein dreckiges Grinsen auf seinem Gesicht zu sehen.

»Willst du einen Tritt in den Arsch? Ich schlag dir mit nem Baseballschläger deine Scheißrübe von den Schultern!«

Soames verstand den Wink und setzte zurück. Die Innenbeleuchtung des Wagens erlosch. Ich blieb in der Einfahrt stehen und sah ihm nach, und als er dann mit hohem Tempo wegfuhr, legte er sich noch einmal ausgiebig auf die Hupe.

»Idiot!«, sagte ich.

Also keine Katharsis, nur Beschimpfungen, und ich verstand nicht, wie Soames mich überhaupt gefunden hatte. Wenn man von dem ausging, was er über mich wusste: Was würde er Catherine erzählen? Sie wusste nicht, dass es mich gab, und das Bild, das er von mir malen würde, wäre garantiert mies. Ich würde in ihren Augen schon beschissen dastehen, bevor ich überhaupt Gelegenheit hätte, mich selbst vorzustellen. Was redete ich da? Ich hatte unzählige Gelegenheiten gehabt, mich ihr vorzustellen, nur aus Schiss hatte ich es nie getan. Vollkommen bescheuert, aber so war's. Je mehr ich darüber nachdachte, während ich in meinem Vorgarten stand, desto notwendiger schien es mir zu sein, dass er gar nicht erst die Gelegenheit bekam, ihr von mir zu erzählen. Das konnte ich einfach nicht zulassen. Ich musste zu ihm, bevor er mit ihr sprach. Musste ihn einholen, mit ihm reden. Mich entschuldigen, wenn's sein musste. Ich musste einen Weg finden, ihn dazu zu bringen, kein Wort über unsere Telefonate zu verlieren.

Autoschlüssel, Jacke, Handschuhe und der Baseballschläger aus Aluminium, den ich aus dem Schrank kramte – ich suchte alles zusammen, was ich brauchte, um ihm folgen zu können. Ich ließ den Motor nicht erst warmlaufen, sondern fuhr direkt los. Ich hatte zwei Möglichkeiten: entweder zu Catherines Haus zu fahren, falls das Soames' Ziel war, oder zu seinem. An der Kreuzung ein Stück weiter würde ich links oder rechts abbiegen müssen, je nachdem, zu welchem Haus ich wollte. Aber was, wenn er sie bereits angerufen hatte? Oder ihr eine SMS geschickt hatte? Dann war ich am Arsch. Dann hätte er mich bereits beschrieben.

Während ich noch darüber sinnierte – wütend auf mich, Soames überhaupt angerufen zu haben –, fuhr Catherines Wagen vorbei. Ihr Nissan war auf dem Weg in die entgegengesetzte Richtung. *Besuchszeit auf dem Friedhof*, dachte ich, und dann: *Gut.* Wenn sie dort war, könnte ich zu Soames' Haus fahren. Aber was, wenn sie gar nicht auf dem Weg zum Friedhof war? Vielleicht hatte sie vor, zu meinem Haus zu fahren. Soames hatte sie vielleicht angerufen, und jetzt wollte sie mich, den Widerling, mit eigenen Augen sehen. Was wiederum bedeutete: Sie würde klingeln, und meine Mutter würde ihr die Tür öffnen. Catherine und meine Mutter, die sich über mich unterhielten – ein absolutes Horrorszenario. Ich konnte doch nicht tatenlos zusehen, wie das passierte. Von allen gottverdammten Sachen, die ich nicht geschehen lassen wollte …

Scheiße. Wie hatte ich es nur geschafft, dass alles auseinanderflog, und noch dazu so schnell?

Ich bremste, wendete und drückte aufs Gas. Brauste zurück durch die Nacht und betete, dass ich dort wäre, bevor sie anfingen zu reden. Es würde peinlich sein, zwischen ihnen zu stehen, wenn sie sich unterhielten, aber ich musste wenigstens dabei sein, um Einfluss auf die Begegnung nehmen zu können.

Ihr Wagen parkte am Friedhofstor. Ich sah Catherine weder in der Einfahrt noch vor unserer Haustür. Auch auf dem Friedhof keine Spur von ihr. Wahrscheinlich hatte sie den Friedhof betreten und war bereits in der Gruft verschwunden, aber ich wollte nicht hinübergehen und nachsehen. Damit würde ich nur kostbare Zeit vergeuden, während sie bereits geklingelt haben und von meiner Mutter ins Haus gelassen worden sein könnte. Sie könnten genau in diesem Augenblick miteinander plaudern, Catherine könnte meine Mutter nach mir aushorchen, während diese sich angesichts des zweiten aggressiven Besuchs an diesem Abend womöglich fragte, was zum Teufel eigentlich los war.

Ich fuhr in unsere Einfahrt und machte den Motor aus. Durch die Haustür und schnaufend hinein. Aber ich stieß auf nichts und niemanden, keinerlei Drama. Wohnzimmer und Küche waren leer, und ich hörte, wie meine Mutter unten im Keller gegen irgendwas klopfte.

Die Ruhe des Hauses schien mich zu verhöhnen.

Hysterischer Idiot.

Um mich zu sammeln, stieg ich wieder in meinen Wagen. Ich stellte die Rückspiegel so ein, dass ich den Friedhof sehen konnte, speziell das Tor. Ich ließ den Motor im Leerlauf und die Heizung auf voller Leistung. So unerfreulich es war, ich stieß immer wieder auf eine unbestreitbare Tatsache: Egal, wie ich es anstellte, es würde ganz schön heikel werden, Catherine anzusprechen. Das war unvermeidbar. Mir fiel nichts ein, was ich sagen könnte, das einigermaßen vertretbar klang. Ich liebe dich? Ich habe dich beobachtet? Schon allein der Gedanke an dich hat mich sexuell erregt? Das alles klang schrecklich schmierig, wie Worte, vor denen sie davonlaufen würde. Ich sah keine Möglichkeit, wie ich das umschiffen könnte. Aber ich wusste, ich musste es hier tun, an diesem Abend, nachdem sie und June kommuniziert hatten, und wenn Ralph sie über meine Anrufe informiert hatte, war das eben so. Die Stunde Null stand bevor.

Catherine hatte die Gruft immer noch nicht verlassen, als der Jaguar wiederauftauchte. Soames schlitterte von der Straße, hielt auf dem Seitenstreifen hinter dem Nissan, sprang aus dem Wagen und rannte los. Der Schwanzlutscher sprintete durchs Tor auf den Friedhof, und ich glaube, ich verlor keine Sekunde und rannte ebenfalls los. Versessen darauf, ihn einzuholen, rutschte ich aus, und der Sturz war meine Rettung. Ich schlug mit dem Knie auf dem gefrorenen Boden auf, und das bremste mich. Brachte mich wieder dazu, vernünftig nachzudenken. Wusste Soames, wohin er lief, wollte er in June Hazzards Gruft eindringen? Auch wenn ich Catherine da drinnen nie gestört hatte, er würde es vielleicht tun. Und ich hatte so eine Ahnung, dass ihr das gar nicht gefallen würde. Sie hatten Probleme; sollte er sich ruhig sein eigenes Grab schaufeln.

Ich überquerte die Straße, hielt mich links und ging an einer Lücke im Zaun in Stellung. Soames war nicht weit von June Hazzards Gruft entfernt, aber er suchte den Friedhof ab, eine breitschultrige Gestalt im kupferfarbenen Mondschein.

»Catherine.«

Ich sah, wie er ihren Namen aussprach, flüsternd. Sie konnte ihn unmöglich gehört haben. Und als er sein schickes iPhone herausnahm und per Kurzwahl eine Nummer wählte, wurde mir klar, dass sie ihn gar nicht hören sollte. Ein Klingelton trällerte aus June Hazzards Grabmal, und Soames berührte ein Feld auf seinem Smartphone, um die Verbindung zu unterbrechen.

Irgendwo im Dunkeln krächzte eine Krähe. Die Kälte brannte an meinen Ohren, Laub trudelte über meine Füße. Soames stand unmittelbar vor der Gruft und schaute hinein, die geballten Fäuste in die Hüften gestemmt; die Schultern in seinem wattierten Mantel hoben und senkten sich, dann drang er in das Grab ein und wurde sofort von der Dunkelheit verschlungen.

Die am Himmel kreisende Krähe krächzte wieder. Aber das war kaum mehr als ein weit entferntes Fiepsen, nichts im Vergleich zu dem Schrei, der jetzt aus der Gruft ertönte. Er kam von Catherine, und kein Schrei in einem Horrorfilm hätte gruseliger klingen können. Ich dachte, sie würde angegriffen. Ich hob mein Bein, um durch das Loch im Zaun zu steigen, aber ihrem Schrei folgte ihr Brüllen, als sie Soames mit wütender Stimme verfluchte.

»Du Scheißkerl! Du beschissenes Arschloch. Wer hat dir gesagt, dass du mir hierher folgen darfst?«

Ich zögerte, ein Bein im Loch des Zauns hängend, die Nase zwischen den Stangen.

»Catherine …«

»Verpiss dich!«

»Das ist doch krank.«

»Raus!«

»Ich hätte gern eine Erklärung.«

»Eine Erklärung?« Catherine lachte, stieß ein kehliges Gackern aus, und ich hörte Verachtung in ihrer Stimme. »Du verlangst eine Erklärung. Mister Ralph Soames.«

»Das tue ich.«

»Leck mich. Jetzt kennst du mich. Du kannst gehen.«

»Nein. Nicht bevor …«

Soames' Stimme verklang, und ich konnte nicht hören, was er als Nächstes sagte – nur dass Catherine wieder brüllte und ihm sagte, er solle verschwinden.

»Das werde ich nicht!«, sagte er. »Werde ich nicht.«

»Du beschissener Loser.«

Ein ächzendes Geräusch drang aus dem Inneren der Gruft zu mir, und darauf folgte nichts als Stille. Ich wartete, dass entweder Catherine oder Soames etwas sagte, aber keiner tat es. Es herrschte nichts als Schweigen. Dann tauchte Catherine auf, den Kopf hoch erhoben, das rote Haar im Wind flatternd. In ihrem schwarzen Umhang und den schwarzen Stiefeln schwebte sie dahin, während ich in der Nähe der Gruft zurückblieb. Wo war Soames? Würde er ihr nicht folgen? Der Motor ihres Wagens erwachte zum Leben, und mich beschlich ein unbehagliches Gefühl, eine dunkle Vorahnung. Ich trat durch das Loch im Zaun und lief zu der Gruft hinüber. Drinnen herrschte Dunkelheit – es brannten keine Kerzen. Ich zog meine Taschenlampe aus der Jacke, doch bevor ich sie anschalten konnte, stolperte ich in der vorderen Kammer über etwas. Auf dem Boden lag etwas Weiches.

»Verdammt.«

Ich fand das Gleichgewicht wieder und stützte mich mit einer Hand an der Innenwand des Grabmals ab. Mein Lichtstrahl fiel auf den vor meinen Füßen liegenden Soames: sein weit aufgerissener Mund, seine offenen, leer starrenden Augen, die größer werdende Blutlache unter seinem Kopf. Blut war auf die schwarze Steinplatte gespritzt, auf der eine nicht angezündete Kerze stand, und als ich mich hinkniete und meinen Kopf an seine Brust legte, hörte ich nichts. Keinen Herzschlag. Mir wurde schlecht von all diesem Blut, aber ich behielt den Kopf dort, bis ich bis sechzig gezählt hatte.

»Verdammt«, sagte ich wieder, allein in der Dunkelheit der Gruft.

Ralph Soames war tot.

neun

Nun befanden sich also zwei in der eigentlich für eine Leiche errichteten Gruft. Und Catherine war geflüchtet. Das tat ich ebenfalls, nachdem ich auf Soames' Puls gehorcht hatte. Ich fuhr an diesem Abend rüber zu ihrem Haus, weil ich wissen wollte, ob sie dorthin zurückgekehrt war. War sie; der Nissan stand in ihrer Einfahrt. Ob sie Ralph Soames nun vorsätzlich durch einen Schlag getötet hatte, oder ob er unbeabsichtigt gestorben war – vielleicht hatte er sich nach einem Stoß an der schwarzen Steinplatte den Schädel aufgeschlagen –, sie schien jedenfalls nicht die Nerven zu verlieren. Sie war nicht geradewegs zur Autobahn gerast. Als ich meinen Wagen an dem mit Schindeln verkleideten Haus vorbeisteuerte und die Wohnstraße langsam hinunterfuhr, sah ich Licht im Inneren und konnte nur spekulieren, was sie dort machte. Trinken? Packen? Fernsehen, als sei nichts passiert? Aus meiner Sicht *war* etwas passiert, todsicher, und der Gedanke an die Tragweite all dessen hielt mich die ganze Nacht mit hämmerndem Schädel wach. Ich schritt in der nur von Kerzen beleuchteten Dunkelheit meines Zimmers auf und ab, legte mich hin, stand auf, setzte mich auf meinen blauen Sessel, trank eine ganze Kanne grünen Tee. Ich war dermaßen erschüttert über diese Wendung der Ereignisse, dass ich weder Essen zu mir nehmen noch Alkohol behalten konnte. Ich hatte an diesem Abend beides versucht und mich übergeben. Einen Film konnte ich mir auch nicht ansehen, die Bilder verschwammen vor meinen Augen. Nüchternes Nachdenken war für mich das höchste der Gefühle, und in den frühen Morgenstunden machte ich genau das und hörte dazu die Streichquartette von Béla Bartók (ich habe sie alle auf CD).

Oberflächlich betrachtet war Ralph Soames' Tod eine positive Entwicklung. Meine Phantasien bezüglich seines Ablebens waren in Erfüllung gegangen, und ich hatte dafür nicht einmal ein Verbrechen begehen oder mich gefährden müssen. Wenn ich jetzt zu Catherine ginge, könnte ich sicher sein, dass sie eine alleinstehende Frau war. In ihrem Leben gab es keinen Mann. Gleichzeitig war sie möglicherweise eine Mörderin. Oder zumindest jemand, der eine Leiche an der Backe hatte, die jetzt in diesem Grabmal lag. Sie hatte an diesem Abend nicht die Polizei geholt, was mich zu der Annahme führte, dass sie ihn mit der Absicht zu töten niedergeschlagen hatte. Aber was würde sie unternehmen, um die Leiche zu verstecken? In der Gruft konnte sie sie nicht lassen. Irgendjemand, vielleicht ein Friedhofsangestellter, würde früher oder später auf sie stoßen. Aber würde das auch irgendwas beweisen? Ein in einer Gruft aufgefundener Toter wäre ein Rätsel, und soweit Catherine wusste, hatte es keine Zeugen des Vorfalls gegeben. Falls die Polizei am Tatort nach Fingerabdrücken suchen sollte, würden sie ihre finden (meine nicht, dachte ich, da ich dort drinnen stets Handschuhe getragen hatte), doch das konnte sie leicht erklären, indem sie ihre Besuche zugab und sagte, June Hazzard sei ihre Freundin gewesen. Die Polizei würde Leute vernehmen, die wussten, dass sie und Soames sich getroffen hatten, aber das würde weder zu ihrer Verhaftung noch zu einer

Anklageerhebung führen. Nichts würde dazu führen, sofern sie nicht die Fassung verlor, keinen Fehler beging, und kein Staatsanwalt würde den Fall aufgrund dieser dürftigen Beweislage vor Gericht bringen. Sie schien mir also aus dem Schneider zu sein, ungeachtet dessen, was in der Gruft passiert war. Damit das so blieb, würde sie sich vom Grabmal fernhalten müssen, bis die Leiche gefunden worden war. Und sie würde es ganz sicher nicht wagen, sich an diese Gewohnheit zu klammern, solange dort eine Leiche lag. Wie üblich den Friedhof zu besuchen, zu kommen und zu gehen, als sei der Tote gar nicht da – das würde sie nicht tun. Nicht mal sie, dachte ich, würde das tun. Sie würde entweder ihre Besuche aussetzen, bis sie von der Entdeckung der Leiche erfuhr, oder sie würde die Leiche selbst aus dem Grabmal entfernen.

Als Bartóks *Sechstes Streichquartett* verklungen war und wieder Stille in mein Zimmer einziehen ließ, sprang ich vom Sessel auf und verfluchte mich. Wie blöd konnte ich sein? Catherine war zu Hause, einstweilen in Sicherheit, und die Leiche lag vor Blicken verborgen in der Gruft, aber Soames' Auto stand am Friedhofstor, wo es bei Tagesanbruch jeder sehen würde. Durch meinen Tunnelblick, meine Besessenheit von Catherine und den Gedanken, dass Soames' Tod mir nützen könnte, hatte ich dieses banale Detail völlig übersehen. Die Friedhofswärter würden den silbernen Jaguar finden, wenn sie zur Arbeit kamen, und sofern sie sich nicht verschworen, ihn einfach zu behalten (und es als Segen ansahen, dass ihnen ein Jaguar in den Schoß fiel), würde der Fund eine Ermittlung auslösen. Wem gehörte das Fahrzeug? Warum stand es da? Sie würden die Cops verständigen, und die Cops würden Nummernschild und Zulassung überprüfen. Und so weiter und so fort. Im Handumdrehen würden sie den Wagen zu Ralph Soames zurückverfolgen. Als Zahnarzt hatte er sicherlich eine Arzthelferin, und wenn nicht, gab es bestimmt irgendwo jemanden, dem er etwas bedeutete, einen Freund, einen Tenniskumpel, und dieser Jemand könnte ihn als vermisst melden. Der logisch naheliegende Ort, um die Suche zu beginnen, wäre der Fundort des Autos, der Friedhof, und wenn die Friedhofswärter ihn nicht im Grabmal fanden, dann mit Sicherheit die Polizei, wenn sie mit ihrer Suche begann. Schon morgen Abend, wurde mir klar, konnte Catherine auf ihrer Liste der Tatverdächtigen stehen.

Andererseits: Würde das eine Rolle spielen? Hätten sie genug, um sie wegen Mordes anzuklagen? Ich hatte diese Frage bisher verneint, jetzt aber ermahnte ich mich, nichts für selbstverständlich zu halten. Ich wusste nicht, was sie finden könnten. Falls Catherine Soames im Verlauf ihrer Auseinandersetzung in der Gruft gekratzt und seine Haut unter ihren Fingernägeln hatte oder wenn er ihr eine kleine Wunde zugefügt und nun ihr Blut an sich hatte, dann würden die Cops einen objektiven Beweis haben, diese ganze DNA-Geschichte. Catherine könnte natürlich sagen, sie und Soames seien ein Paar gewesen, weswegen sich auch seine Hautzellen auf ihr befänden, aber die Tatsache, dass sie ein Paar gewesen waren, würde sie in den Augen der Polizei nur noch verdächtiger machen. Wie auch immer. Der Punkt war, dass es zahllose Möglichkeiten gab, die ich zunächst nicht in Betracht gezogen hatte, und wie ich so mit klopfendem Herzen an meinem Fenster stand, erkannte ich, dass ich selbst handeln musste, noch in dieser Nacht, bevor es draußen hell wurde, um Catherines Chaos in Ordnung zu bringen. Ich konnte das Auto nicht bis zum frühen Morgen dort stehen lassen.

Die Temperaturen draußen lagen bei knapp zwanzig Grad unter null. Zumindest fühlte es sich wegen des Winds so an. Eiskalte Luft strich mir übers Gesicht, als ich die Einfahrt hinunter und auf die andere Straßenseite lief. Ich hörte die Böen mit auf- und abschwellender Tonlage in den Bäumen heulen. Ich trug Thermounterwäsche unter meinen Jeans und mehrere Shirts übereinander, den Kragen meines Parkas hatte ich aufgestellt. Dazu kamen mein Schal, meine Strickmütze und die Handschuhe. Kaum ein Stück meiner Haut lag frei, doch was ungeschützt dem unerbittlichen Wind ausgesetzt war, brannte beim Kontakt mit seinem eiskalten Atem: meine Lippen, meine Nase, meine Wangen. Ich spürte den schneidenden Schmerz in meinen Nasenlöchern. Einfach ignorieren, sagte ich mir, ignorieren und weitermachen, und falls ich eines schönen Tages mit Catherine reden sollte, würde ich ihr erzählen, was ich in dieser Nacht zu tun versucht hatte. Ich würde ihr erklären, dass ich für sie Erfrierungen riskiert hatte. Vielleicht würde sie ja dann etwas für mich empfinden.

Die Wagentür auf der Fahrerseite war nicht abgeschlossen, und die Innenbeleuchtung ging an, als ich die Tür aufzog. Ich senkte den Kopf und sah, dass kein Schlüssel im Zündschloss steckte. Was mich nicht weiter überraschte; ich hatte es nicht anders erwartet. Das bedeutete, dass der Zündschlüssel sich höchstwahrscheinlich in Soames' Mantel- oder Hosentasche befand, im Inneren des Grabmals, und da ich keine Ahnung hatte, wie man ein Auto kurzschließt, würde ich wohl gehen und danach suchen müssen. Ob's mir nun gefiel oder nicht, ich würde Hand an seine Leiche legen müssen.

Der Viertelmond beleuchtete meinen Weg über den Friedhof. Der Boden war steinhart, das Gras weiß von Raureif. Keine der lärmenden Krähen war in der Nähe, also gab es keine akustische Konkurrenz für den Wind, der aus dem Wald drang und wie ein Lebewesen heulte, wie ein trauriges Monster, das seinen Partner verloren hatte. Mit jedem Schritt prügelte der Wind auf mich ein, der Atem vor meinem Mund war weißer Dampf.

Im Grabmal war es glücklicherweise wärmer. Der Iglueffekt, vermutete ich, hier war einfach nicht genug Platz, dass die Luft wirbeln und beißen konnte. Ich kam aus dem Mondlicht in die Dunkelheit, und unmittelbar hinter der Schwelle blieb ich erst mal stehen und tastete nach der Taschenlampe in meinem Parka. Ich wollte nicht wieder über Soames stolpern.

Wie zuvor blickte ich auf ihn hinab, wie er da auf dem Boden der Gruft lag. Das Licht meiner Taschenlampe fiel auf seinen offenen Mund und die leuchtenden Augen. Die Augen und sein Gesicht, dieses schnöselige Gesicht, verrieten nichts – da war kein durch Schrecken oder Angst verzerrter Ausdruck. Wie auch immer er getötet worden war, es hatte ihn eiskalt erwischt: im einen Augenblick hatte er noch gelebt, hatte sich mit Catherine in die Haare gekriegt, und im nächsten Moment war er Geschichte.

Ich legte mich auf den Boden, stützte das Kinn auf den Stein und betrachtete ihn prüfend. Er lag auf dem Rücken, das Gesicht nach oben, und unter dem Kopf befand sich eine inzwischen getrocknete Blutlache. Im gebündelten Licht konnte ich die Stelle ein kleines Stück oberhalb des Haaransatzes im Nacken sehen, wo seine blonden Haare verfilzt waren und die Haut darunter aufgeplatzt. Er und Catherine hatten sich gegenübergestanden, vermutete ich, hatten miteinander geredet, bevor sie ihn schlug. Und sofern sie nicht die Schnelligkeit und

Geschmeidigkeit eines Boxers hatte, konnte sie für ihren Schlag unmöglich hinter ihn gesprungen sein. Zudem hätte dieser eine Schlag dann auf Anhieb tödlich gewesen sein müssen, und sie hätte einen ausreichend schweren Gegenstand in der Hand gehabt haben müssen. Der aufgeplatzte Schädel war ganz sicher keine Folge eines Schlages mit bloßen Händen. Ich betrachtete die Wunde und die bräunlich-roten Blutflecken an der Ecke der Marmorplatte, und daraus schlussfolgerte ich mit ziemlicher Gewissheit, dass Catherine sich im Verlauf des Streits auf ihn gestürzt haben musste. Sie hatte ihn gestoßen, er hatte das Gleichgewicht verloren, war dann rückwärts gegen die Platte gefallen, hatte unglücklich die Kante erwischt und sich dabei den Schädel aufgeschlagen.

Ich stand auf und wischte Schmutz und Staub von meiner Jacke. Hier drinnen war zwar kein Mord passiert, dachte ich, aber dennoch etwas höchst Beunruhigendes. Was genau, rechtlich gesehen? Ein Unfall mit Todesfolge, nichts Vorsätzliches. In der Juristensprache: Totschlag.

Dafür wandert man auch ins Gefängnis, dachte ich. *Für zehn Jahre, zwanzig Jahre, lange genug, um ein Leben zu ruinieren.* Am Klügsten wäre es, die Leiche samt Jaguar von hier fortzuschaffen. Dafür zu sorgen, dass Ralph Soames für immer verschwand. Damit wäre alles geregelt und Catherine sehr geholfen; denn mit der Leiche würde sie allein nicht fertigwerden. Schon möglich, dass sie hierher zurückkam, um die Leiche zu verstecken, aber ich sah wirklich nicht, wie sie sie aufheben könnte, um sie dann aus dem Grabmal zu tragen. Sie war körperlich fit, meine Catherine, das erkannte ich an ihrem leichtfüßigen Schritt und der Eleganz ihrer aufrechten Körperhaltung, aber wie eine Frau, die Krafttraining machte, kam sie mir nicht vor. Und Soames war durchaus groß. Ich schätzte ihn auf um die eins neunzig. Sofern sie nicht die schauerliche Option wählte, ihn zu zerstückeln, um ihn dann in Einzelteilen abtransportieren zu können, würde sie seinen Körper niemals aus der Gruft herausbekommen. Also würde ich auch das für sie tun müssen, falls es überhaupt getan werden musste.

In gebückter Haltung suchte ich Ralph Soames nach seinen Autoschlüsseln ab. Ich behielt die Handschuhe an und versuchte es zuerst mit der linken, dann mit der rechten Tasche seines blauen Mantels. Nichts. Ich machte mit seiner Hose weiter, schwarzen Hilfiger-Jeans, und biss die Zähne zusammen, als ich mich dazu zwang, meine Hand in seine rechte Gesäßtasche zu schieben. Ob wegen der Kälte oder der Totenstarre – er fühlte sich ziemlich hart an, sein kräftiger Oberschenkel unter dem Stoff der Hose war wie versteinertes Holz. Ich erschauderte, meine Finger verkrampften, doch dann berührte mein Handschuh etwas Metallisches, und ich zog einen Schlüsselring heraus.

Ich hob ihn ins Licht meiner Taschenlampe. Sechs Schlüssel befanden sich an diesem Ring, außerdem der Taster zur Aktivierung der Alarmanlage des Autos.

Auf Soames' Armbanduhr war es halb vier. In ungefähr drei Stunden, noch vor Tagesanbruch, würde ich seinen Leichnam und das Auto weggeschafft haben müssen. Nicht zu vergessen die Blutflecken hier drin. Aber ich hatte weder eine Schaufel zum Ausheben eines Grabes noch irgendwelche Putzutensilien mitgebracht, und ich wusste, dass ich mich mit einer wie auch immer gearteten Reinigungsaktion einem erheblichen Risiko aussetzen würde. Was ich tun konnte, war, die Leiche in den Wagen zu packen und irgendwohin zu fahren, allerdings wäre ich sofort am Arsch, wenn mich ein Cop anhielte und er mich aus irgendeinem willkürlichen Grund den Kofferraum öffnen ließe. Und würde Ralph Soames in all seiner eins neunzig großen Pracht überhaupt dort hineinpassen? Der Kofferraum war winzig. Der Länge nach niemals, und im Augenblick lag er ziemlich steif da. Ich würde Soames quasi zusammenklappen und dabei seine Knochen und widerspenstigen toten Muskeln brechen müssen, um eine Chance zu haben, ihn darin zu verstecken.

Es wäre gut, wenn du mich liebst, Catherine, dachte ich. *Wer würde so was für dich tun? Würde so weit gehen, wie ich für dich gehe? Wenn wir uns kennenlernen, Catherine, solltest du besser …*

Der Wind war unbarmherzig, die Kälte hing in meinen Gelenken und den Poren meines Gesichts. Ich hatte den Schutz des Grabmals verlassen, Ralph Soames auf der Schulter. Meine Drüsen mussten reichlich Adrenalin ausgeschüttet haben, denn sein Körper fühlte sich leicht an. Dass er steif war, machte es mir leichter. Ich bewegte mich nicht auf seinen Wagen zu, sondern über das offene Feld hinter dem Friedhof in Richtung Wald, und hier war der Wind am heftigsten, schlug mir ungehindert ins Gesicht und gegen die Brust, als wäre er eine fühlende Macht, die etwas dagegen hatte, mich in den Wald zu lassen.

Ich erreichte die Kiefern und ließ Ralph Soames vor meine Füße fallen. Ich roch den Duft der Kiefernnadeln und des Bodeneises, an dem der Wind kratzte. Ich drehte mich um, sah zum Friedhof zurück und atmete angesichts seiner fast schon überirdischen Schönheit im wolkenverhangenen Schein des Mondes scharf ein. Die weißen Mausoleen, die Kreuze, die Alabastergrabsteine – waren es vielleicht nur Chimären in diesem

Mondlicht, dieser verschleierten Lumineszenz? Meine ganze Nacht erschien mir wie eine Halluzination.

Indem ich kurz in die Knie ging und mich dann schnell wieder aufrichtete, hob ich Soames hoch und wuchtete ihn über meine rechte Schulter. Ich packte ihn um die Taille, um ihn zu fixieren, und zog mit der linken Hand wieder meine Taschenlampe aus der Jacke. Dann preschte ich unter ausladenden Ästen weiter durchs Unterholz. Vor mir öffnete sich ein vielleicht zwei Armlängen breiter Waldweg, und unter meinen Schuhen knackten trockenes Laub und Zweige. Links von mir hörte ich ein fließendes Gewässer, ein Plätschern unter dem heulenden Wind. Dieses Geräusch kam von dem Wasserlauf, den ich kannte, von dem Bach, der hier meilenweit durch die Wälder floss. Nahezu überall war er zu breit, um ihn trockenen Fußes überqueren zu können, aber ich saß gern am Ufer und lauschte ihm. Mein bevorzugter Platz war eine umgestürzte Eiche, die irgendwann von einem Sturm getötet worden war; der gewaltige, aber kranke Baum war von einem ähnlich starken Wind wie diesem niedergerissen worden. Er lag etwa eine halbe Meile das Ufer hinunter, einen Steinwurf von diesem Pfad entfernt, und ich hoffte, es mit Soames so weit zu schaffen – die Wirkung des Adrenalins ließ allmählich nach.

Das hier ist mein *Wald*, dachte ich, *das ist* mein *Revier*. Es schien, als wären all meine Wanderungen hier nur eine Vorbereitung auf diese Nacht gewesen, damit ich wusste, wohin ich gehen musste, um eine Leiche zu verstecken. Auch ohne Taschenlampe hätte ich die entwurzelte Eiche gefunden. Ich wusste, wie weit ich auf dem Waldweg gehen musste, hätte auch ohne Licht gewusst, wann ich den Kopf unter einem tiefhängenden Ast einziehen oder Disteln beiseiteschlagen musste.

Mein Rücken und die rechte Schulter schmerzten unter Soames' Gewicht, aber positiv war, dass der Wind nachgelassen hatte und mein Herz und Blut Wärme erzeugten. Ich spürte die Kälte kaum noch.

Als ich den Weg verließ, trug ich Ralph Soames weiter durch blattloses Gebüsch. Meine Füße kämpften mit spitzen Steinen. Das Plätschern des Bachs war nah, und ich roch feuchtes Moos und nasses Laub, eine Mischung, so intensiv wie Kompost. Dann kam das Wasser in Sicht, glänzte silbern im Mondschein, und ich trat auf das offene Ufer hinaus. Wieder breitete ich die Arme aus und ließ Soames fallen. Er kam mit einem dumpfen Schlag auf und lag mit dem Gesicht nach unten auf dem Kies und im Dreck.

Erschöpft stand ich neben der abgestorbenen Eiche. Um zu verschnaufen, setzte ich mich auf den Stamm und versuchte, den Schmerz aus meiner Schulter zu massieren. Ich hatte die Taschenlampe wieder eingesteckt und starrte im Mondlicht zu Catherines Ex hinüber. Sein blonder Schopf sah inzwischen ziemlich struppig aus, seine helle Haut wirkte wächsern. Schon seltsam, aber wie ich so bei ihm saß, ihm in diesem Moment näher war als zu seinen Lebzeiten, erwartete ich von ihm beinahe eine Bewegung, eine Geste der Abneigung mir gegenüber.

»Du hättest dich nicht einmischen sollen«, hörte ich ihn in meinen Gedanken sagen. »Hättest die Verrückte ihre gerechte Strafe kassieren lassen sollen.«

Der Wind hatte sich wieder zu einer kraftvollen Plage entwickelt, jaulte fast in einer Tonhöhe, die Glas zerspringen ließ. Ich hörte das Knacken von Zweigen, das Bersten von Baumrinde. Die Geräusche holten mich aus meinen Tagträumereien, und ich verpasste Soames einen Tritt gegen das Bein. Sein Leichnam redete? Hallo, aufwachen! Das war Horrorfilm-Mumpitz, und ich verbannte ihn sofort aus meinem Kopf.

Ich bückte mich neben Soames und rollte ihn schräg über das Ufer. Unter dem Stamm der Eiche, dort, wo sich der Boden zum Wasser hinunterneigte, befand sich ein leerer Raum, eine Art Bau, eine Höhle, die sich auf natürliche Weise gebildet hatte, als der Baum umgestürzt war. Am Rande des Wassers kniend schob ich ihn, so weit es ging, dort hinein und ließ ihn mit dem Gesicht im Dreck liegen, die Arme an den Seiten. Sein Körper passte mit einigem Spielraum hinein; jemand, der über ihm auf dem Stamm der Eiche stand, würde Soames nicht sehen können. Das ginge nur von meiner aktuellen Position oder vom Wasser aus. Und bei diesem Wetter, so weit draußen im Wald, wer sollte da schon vorbeikommen? Bei meinen täglichen Spaziergängen hier draußen war ich höchstens ein Dutzend Mal Wanderern begegnet, und das war im Frühjahr oder Sommer gewesen. Kein einziges Mal im Winter. Also würde es genügen, ihn hier zu verstecken, dachte ich, das würde vorübergehend funktionieren, und morgen Abend, wenn ich Zeit und eine Schaufel hatte, konnte ich herkommen und ihn vergraben. Und dafür sorgen, dass seine Leiche für alle Zeiten verschwand.

zehn

Ich hatte noch nie einen so luxuriösen Wagen wie den Jaguar gefahren. Der silberne Renner hatte Schalensitze und enorme Power. Er fuhr sich dermaßen gut, ich hätte damit einen Slalomkurs hinunterrasen können, aber zu dieser frühen Morgenstunde waren solche Fahrkünste nicht erforderlich. Es herrschte überhaupt kein Verkehr auf den kleinen Nebenstraßen, und ich begegnete nur vereinzelt Autos oder Lastwagen auf dem Highway. Ich nahm den New York State Thruway Richtung Süden bei konstanten fünfundsechzig Meilen die Stunde und erreichte die Tappan Zee Bridge gegen sechs. Der Berufsverkehr der Pendler aus den Vororten hatte noch nicht eingesetzt, und als ich den Hudson überquerte, blickte ich stromabwärts Richtung New York City. Die Sichtweite war begrenzt – bleiche Dunkelheit der ausklingenden Nacht hinter einem Schleier grauer Schwaden.

Der Thruway führt durch Yonkers in die Bronx. Ich blieb drauf, als er zum Major Deegan Expressway wurde, und bald kam der Verkehr fast zum Stillstand, und die Staus fingen an. Die Sonne war aufgegangen, Wolken standen am Himmel; ich sah den Hubschrauber eines Nachrichtensenders über mir, das Auge am Himmel über dem Gewusel der Rushhour. Es war eine Ewigkeit her, seit ich mich zu lärmenden Hupkonzerten und frustrierendem Stoßstange-an-Stoßstange-Fahren in den Stadtverkehr gestürzt hatte, und ich war froh, auf der linken Seite das majestätische, vollkommen weiße Yankee Stadium auftauchen zu sehen. Das war mein Orientierungspunkt, und ich bewegte mich durch den dichten Verkehr langsam zur Ausfahrt.

Mein Plan war schnörkellos: Finde eine Straße, in der Parken erlaubt ist. Schnapp dir alle Zulassungspapiere und was sonst noch den Halter identifizieren könnte. Lass die Schlüssel stecken und den Jaguar stehen, dann fährst du mit der U-Bahn zur Grand Central Station. Bei Einbruch der Dunkelheit wäre ich wieder zu Hause, und es lag ziemlich nahe, dass irgendwem der Wagen ins Auge fallen würde. Entweder würde er von jemandem mitgenommen und behalten oder wegen der Ersatzteile ausgeschlachtet werden.

elf

Ich fühlte mich wie sechzehn, wie ein Jugendlicher, als ich an diesem Abend nach Hause kam. Statt am Morgen zurückzukehren, hatte ich beschlossen, noch ein Nickerchen in der Stadt zu machen, und hatte mir ein Zimmer im *Hotel Carter*, der heruntergekommenen Absteige an der Forty Third Street, genommen. Es war jetzt nach elf, und ich wusste, dass meine Mutter noch auf sein und verärgert auf mich warten würde. Sie würde wissen wollen, wo ich gewesen war und warum ich nicht angerufen hatte, und sie würde mir erzählen, dass sie an diesem Tag mehr Zigaretten geraucht hätte als ihr lieb war.

Das Licht über der Haustür brannte, genau wie die gelbrosa Deckenlampe im Foyer. Ansonsten war es dunkel, und von meiner Mutter war kein Laut zu hören. Ich schloss die Haustür, als das Taxi, das mich von der Bushaltestelle in der Stadt hierhergefahren hatte, aus der Einfahrt zurücksetzte, und ging die beiden Treppenabsätze zu meinem Zimmer hinauf. Ich sah nicht nach, ob meine Mutter in ihrem Zimmer im ersten Stock war.

Ich war bereit für ihre Fragen und betätigte den Lichtschalter neben meinem Bett. Ich fing an mich auszuziehen, die einzelnen Schichten abzuschälen, und musste wieder an die Zeit mit Soames' Leiche in der Kälte denken. Das Wetter war inzwischen milder geworden, also würde ich nicht ganz so viel anziehen müssen, wenn ich später losging, um ihn zu vergraben. Aber alles hing davon ab, wann meine Mutter sich schlafen legte. Normalerweise räumte sie nach dem Abendessen die Küche auf, sah sich im Wohnzimmer einen Film oder eine Reportage an und zog sich gegen elf zurück. Heute jedoch würde es anders sein, und ich hatte keine Ahnung, wie lange ich mir ihre Predigt würde anhören müssen. Ich würde warten müssen, bis sie fertig war und zu Bett ging, und wenn ich sicher war, dass sie schlief, würde ich die Schaufel aus dem Abstellraum unten holen und raus in den Wald marschieren.

Ich hörte, wie die Kellertür aufschwang. Hier kam sie; sie war in ihrer Werkstatt gewesen, hatte sich mit ihrer Töpferei beschäftigt.

Schritte auf der Treppe, knarrendes Holz, dann ihre Stimme:

»Kurt, bist du das?«

»Wer sonst?«

Sie blieb in meiner Tür stehen und starrte mich an. Ihr Blick war so streng und durchdringend wie der eines Falken.

»Mom … der Qualm.«

Auf Höhe ihres Kinns hielt ihre verhutzelte, mit Ton verschmierte und nach oben gedrehte rechte Hand eine Zigarette.

»Ich hatte schon bessere Tage als heute, Kurt … Macht's dir was aus, mir zu verraten, wohin du verschwunden bist?«

»Ich hab einen kleinen Ausflug gemacht. Ganz spontan.«

»Einen Ausflug wohin?«

»Und los geht's. Die Fragen.«

»Ich frage doch nur. Ich bin heute Morgen aufgestanden, und du warst nicht da, bist den ganzen Tag nicht aufgekreuzt.«

»Bleib locker. Morgen arbeiten wir wieder an deinem Buch.«

»Darum geht's nicht.«

»Ach ja?«

»Ich frage doch nur.«

»In der Stadt, okay?«

»In der Stadt? Warum?«

»Mir war eben danach. Jetzt bin ich wieder hier, gerade rechtzeitig vor der Ausgangssperre.«

»Du hättest eine Nachricht hinterlassen können«, sagte meine Mutter. »Du hättest anrufen können.«

»Hab nicht dran gedacht.«

»Ich bin hier und rauche –«

»Und isst gegrillte Käsesandwiches?«

»Das ist nicht witzig. Das ist mein Seelentröster-Essen. Dir hätte etwas zustoßen können, und ich hätte nicht gewusst, wo du steckst.«

»Mom, dein Zigarettenqualm stört mich. Muss ich es für dich buchstabieren? Du hast zwei Etagen und den Keller, wo du überall rauchen kannst. Kannst du nicht wenigstens diese Etage rauchfrei halten?«

Sie versteckte die brennende Zigarette hinter ihrem Rücken.

»Komm mit nach unten. Ich muss dir etwas sagen.«

»Was?«

»Komm runter. Ich möchte Kaffee kochen, und ich habe dir etwas zu sagen.«

»Sag's doch einfach. Falls es eine große Ansprache wird –«

»Wird's nicht. Aber es ist etwas Merkwürdiges passiert, und die Polizei war heute hier.«

Ich setzte mich an den Küchentisch, während meine Mutter die Kaffeedose aus dem Kühlschrank holte. Sie wirbelte an der großen Kücheninsel herum und schaufelte das gemahlene

Kaffeepulver in einen Filter. Mein Kopf hatte gepocht, als wir die Treppe hinuntergegangen waren, mein Herz hatte wie verrückt in meiner Brust geschlagen, aber ich gab mein Bestes, völlig unbekümmert zu erscheinen. Ich schlug ein Bein über das andere und malte mit einem Finger Männchen auf der Tischplatte.

»Machst du mir eine Tasse?«

»Kann ich machen.«

Meine Mutter drehte sich zur Arbeitsfläche vor der Wand und setzte den Filter in die Kaffeemaschine ein, die sofort zu summen begann, nachdem sie das Gerät eingeschaltet hatte.

»Kennst du jemanden namens Ralph Soames?«

Sie sah mich wieder an, ihre Ellbogen ruhten auf der Kücheninsel.

»Wie war der Name?«

»Ralph Soames.«

Ich ließ einen Herzschlag verstreichen und schüttelte dann flüchtig den Kopf.

»Nein. Sollte ich?«

»Woher soll ich das wissen?«, erwiderte meine Mutter. »Aber die Polizei war hier und hat Fragen über ihn gestellt.«

»Zum Beispiel?«

»Er ist verschwunden.«

»Ist er ein hohes Tier oder so was? Wichtig?«

»Er ist Zahnarzt. Zahnarzt oder einfach nur Arzt. Was war er noch gleich? … Zahnarzt.«

Er war als vermisst gemeldet worden, hatten die Cops ihr erzählt, und das letzte Mal auf dem Friedhof gegenüber gesehen worden.

»Was hat er dort gemacht?«

»Kurt, ich kenne den Mann nicht. Was macht man auf einem Friedhof? Gräber besuchen.«

Das Wasser war inzwischen in die Kaffeekanne getropft. Meine Mutter füllte zwei kobaltblaue Becher und brachte sie mit zwei Kaffeelöffeln zum Tisch. Keiner von uns nahm Milch oder Sahne dazu.

»Also, ich verstehe das nicht«, sagte ich und nahm die Zuckerdose. »Was ist passiert? Der Kerl ist zuletzt auf dem Friedhof gesehen worden … und die Cops sind hierhergekommen? *Wieso?*«

»Die haben nicht viel gesagt. Irgendwas ist dort drüben passiert – ein Zwischenfall, sagen sie –, und seitdem wird er vermisst.«

»Was für ein Zwischenfall? Wann?«

»Ich hab's doch gerade gesagt, die haben mir keine Einzelheiten verraten. Aber passiert ist es gestern.«

»Das kommt mir alles …« Ich suchte nach den passenden Worten. »Ziemlich diffus vor.«

»Auch nicht diffuser als du mit deinem Verschwinden; einfach so und ganz spontan in die Stadt zu fahren.«

»Was soll das heißen – mein Verschwinden? Ich bin doch hier.«

»Du hast nicht dein Auto genommen.«

»Ich hab den Bus genommen.«

»Den um fünf nach elf?«

»Den um fünf nach eins.«

»Hm-hmh. Warum auch nicht? Und so flott gekleidet.«

Ich sah an mir herunter. Weiße Tennisschuhe, Flecken auf den Jeans, das rot-schwarz karierte Hemd, das ich unter meinem Sweatshirt getragen hatte: Ich versuchte ihr weiszumachen, dass mich in einer arschkalten Nacht um ein Uhr in der Früh das dringende Bedürfnis überkommen hatte, mit dem Bus in die Stadt zu fahren, und zwar angezogen wie der letzte Penner.

»Recherche«, sagte ich. »Für ein kleines Projekt, an dem ich arbeite. Mein eigenes Ding. Wie Obdachlose den Winter in New York überleben. Ich bin für eine Nacht undercover gegangen.«

Aber das klang selbst in meinen Ohren ziemlich unglaubwürdig.

Meine Mutter hatte die Küchenbeleuchtung gedimmt. In ihrem mit Ton verschmierten Töpferkittel über der blaugrauen Bluse sah sie selbst grau aus, ganz verschwommen auf ihrem Stuhl, und der Rauch ihrer Zigarette trug zusätzlich dazu bei. Ich kam mir vor, als würde ich mit einem Geist reden, aber das eindringliche Leuchten in ihren Augen ließ keine Sekunde nach.

»Das mit der Recherche war ein Witz«, sagte ich. »Aber ich bin wirklich in diesen Klamotten in der Stadt gewesen. Ohne tieferen Grund. Mir war danach, auszugehen, irgendwo gemütlich hinzufahren, und ich hab nicht daran gedacht, mich vorher umzuziehen. Mir war einfach nicht danach, selbst zu fahren.«

Durchs Fenster konnte ich den schwarzen Himmel sehen. Mit der Tasse an den Lippen starrte ich hinauf und fragte mich, wie ich gerade klingen mochte. Ich hatte keine glaubwürdige Erklärung für meinen Ausflug nach New York, allerdings hatte ich solche schlimmen Entwicklungen auch nicht erwartet. Die Nachforschungen der Polizei – was sollte das? So kurz nach dem Zwischenfall? Das letzte Mal auf dem Friedhof gesehen?

Wie konnten die Cops wissen, was auf dem Friedhof passiert war? Wussten sie Bescheid? Scheiße, ich wusste nicht mal, was sie wussten.

Ich musste eine Frage stellen.

»Wieso ist die Polizei überhaupt hierhergekommen? Wie könnten wir ihnen helfen?«

Meine Mutter runzelte die Stirn. »Ob wir etwas gesehen oder gehört hätten«, sagte sie wohlüberlegt mit einem für sie ungewöhnlichen Unterton von Ironie. »Das hier ist das einzige Haus weit und breit.«

Das letzte Mal auf dem Friedhof gesehen. Von wem? Was wussten die Cops? Dass Soames tot war? Sie hätten ihn kaum als vermisst bezeichnet, wenn sie wüssten, dass er ermordet worden war, oder?

Meine Mutter sah mich weiter fest an, während sie ihre Zigarette kürzer und kürzer rauchte, und ich wurde daran erinnert, dass diese alte, exzentrische und überspannte Frau, die mit sich selbst und mit dem Verfassen ihres Buches beschäftigt war, kein Dummkopf war. Sie war dreißig Jahre lang Anwältin gewesen, Pflichtverteidigerin. Sie konnte Körpersprache lesen und Änderungen des Tonfalls heraushören, und sie hatte ein scharfes Gespür dafür, wenn Menschen logen. Meine Geschichte über den Grund für meinen Trip in die Stadt klang unwahr, und sie musste diesen mysteriösen Ausflug mit dem Auftauchen der Cops vor unserer Tür und deren Bericht über einen als vermisst gemeldeten Mann miteinander in Verbindung gebracht haben.

Ich erhob mich von meinem Stuhl und simulierte ein Gähnen, versuchte, nichts preiszugeben.

»Also, ich bin platt. Ich leg mich jetzt hin.«

»Die Cops kommen morgen vielleicht noch mal vorbei«, sagte meine Mutter.

Unsere Blicke trafen sich, und ich rang um Gelassenheit.

»Wenn sie wollen. Ich kann ihnen nichts sagen, außer –«

»Sie haben gesagt, sie möchten mit dir sprechen.«

»Sie haben nach mir gefragt?«

»Nein …« Sie nahm einen letzten Zug von ihrer Zigarette, stieß den Rauch aus und drückte die Kippe im Aschenbecher aus. »Oder eigentlich doch, ja, nachdem sie mit mir geredet haben. Es ist nicht so, dass sie hergekommen sind, um mit dir zu sprechen, nein. So hat's nicht ausgesehen. Aber da du nicht zu Hause warst …«

»Was hast du denen denn gesagt, wo ich bin?«

»Ich wusste es ja nicht. Trinken, bei irgendwem im Bett …«

»Diesmal nicht.«

»Sagst du.«

»Was hast du ihnen gesagt, Mom?«

»Ich habe gesagt, du wärest aus und dass ich nicht wüsste, wann du zurück bist.«

zwölf

Nachdem wir geredet hatten, ging ich rauf in mein Zimmer und zündete eine Duftkerze an. Ich zog die Schuhe aus, legte mich aufs Bett und richtete den Blick unter die Decke. Mit den Händen unter dem Kopf versuchte ich, meinen Puls durch Tiefenatmung runterzubekommen. Das nervöse Zittern unter meiner Haut verursachte Chaos in meinem Gehirn, und ich wollte mich nicht so erschöpft fühlen, damit ich klar denken konnte. *Jetzt nicht zusammenklappen*, dachte ich. *Das ist das Letzte, was du brauchst. Denk scharf nach. Du musst analysieren, was sie dir erzählt hat.*

Erstens: Wer könnte am Abend zuvor Ralph Soames auf dem Friedhof gesehen haben? War außer mir und Catherine noch jemand dort gewesen? Ich hatte niemanden bemerkt, und wenn die Person Ralph Soames gesehen hatte, dann hatte sie auch Catherine und möglicherweise mich gesehen. Aber die Cops hatten meiner Mutter gegenüber Catherine nicht erwähnt (oder *sie* hatte mir nichts davon erzählt). Nichts von dem, was meine Mutter gesagt hatte, veranlasste mich zu glauben, die Cops würden denken, ich wäre auf dem Friedhof gewesen. Also, was zum Teufel? Es ergab keinen Sinn. Es sei denn …

Catherine, ich und Soames waren auf dem Friedhof gewesen – drei Menschen, die in der Abenddämmerung ihren Obsessionen nachgingen. Was, wenn sonst niemand dort gewesen war? Ich hatte ihn nicht als vermisst gemeldet. Und Soames ist tot. Damit bleibt nur eine einzige Möglichkeit. Aber warum sollte Catherine mit den Cops reden?

Ich hörte meine Mutter im Obergeschoss, als sie das Wasser in ihrem Bad laufen ließ. Endlich bereitete sie sich aufs Bett vor, und in einer Stunde, wenn ich wusste, dass sie fest schlief, konnte ich hinaus in den Wald gehen. Auch wenn hier gerade beunruhigende Scheiße passierte, ich musste die Sache mit der Leiche zu Ende bringen. Ich musste Soames' Grab ausheben und das getrocknete Blut in der Gruft wegschrubben.

Der Vanillegeruch wurde intensiver, breitete sich von der brennenden Kerze aus, und ich kämpfte weiter mit der Frage, ob Catherine die Polizei verständigt hatte. Ich wollte mir nicht vorstellen, dass sie es getan hatte, aber sofern keine vierte Person auf dem Friedhof gewesen war, musste sie die Anruferin gewesen sein. Aber noch mal: Warum? Um sich zu stellen? Als Soames das Grabmal betreten und sie bei dem gestört hatte, was immer sie dort tat, hatte sie ihn mit dämonischem Zorn angeschrien. Und irgendwie hatte es damit geendet, dass er tot war – nach einem Stoß von ihr, vermutete ich. Hatte sie das später bereut und deshalb die Polizei verständigt? Falls ja, musste es viel später gewesen sein, denn um drei Uhr in der Nacht hatte seine Leiche immer noch dort gelegen.

Aber die Cops sagen, er werde vermisst. Sprechen nicht von »ermordet«, sondern von »vermisst«. Was auch vernünftig klingt, wenn man bedenkt, dass sie keine Leiche haben.

Ich entschied, mich nicht weiter zu quälen und stattdessen das zu tun, was in meiner Macht stand – nämlich Soames zu vergraben. Ich würde das erledigen und dann wegen der Putzutensilien zurückkommen, um das Blut in der Gruft wegzuschrubben. Wenn dann die Cops morgen kamen, falls sie kamen, würde ich ja sehen, was sie zu sagen hatten.

Die nächsten zwei Stunden ging ich noch nicht los, wartete vielmehr, bis ich sicher war, dass meine Mutter schlief. Ich holte die Schaufel aus der Abstellkammer, dazu Gartenhandschuhe, und trug etwas leichtere Kleidung als in der Nacht zuvor. Ein sanfter Regen hatte eingesetzt und erzeugte einen hauchfeinen Dunstschleier, und als ich einen Bogen um den Friedhof machte, warf ich einen Blick zu dem weißen Grabmal hinüber. *Das ist doch krank*, hatte Soames kurz vor seinem Tod gebrüllt. *Ich hätte gern eine Erklärung.* Aber was hatte er Catherine tun sehen? Konnte es wirklich Leichenschändung gewesen sein? Ich konnte mir nicht vorstellen, wie – denn June Hazzards Sarg war fest verschlossen. Musste so eine Art Selbstbefriedigung sein, irgendeine autoerotische Handlung. Feigling. Ich hatte dort in der Gruft gestanden, ihr Stöhnen aus der hinteren Kammer gehört, und es doch nie gewagt, die Verbindungstür aufzudrücken. Hätte ich es getan – wäre sie auch mir gegenüber gewalttätig geworden?

Taschenlampe an, dem Nebel trotzen. Ich stapfte weiter durch den stärker werdenden Regen. Wenn das so weiterging, wäre ich bald bis auf die Knochen durchnässt, andererseits konnte das Wetter auch ein Glücksfall sein, denn der Regen könnte den Boden auflockern. Ich würde das Grab angemessen tief ausheben müssen, um sicherzugehen, dass die Leiche auch vergraben blieb, und ich machte mir Sorgen, wie schwer das werden würde.

Ich ging die halbe Meile auf dem Wanderweg durch den Wald und drehte mich dann um, nachdem ich mich unter einem tief hängenden Ast geduckt hatte. Die Düsterkeit war intensiver geworden und verringerte die Wirksamkeit meiner Taschenlampe, aber ich wusste, dass ich in der Nähe der umgestürzten Eiche war. Ich konnte die plätschernde Strömung des Bachs hören. Ich trat auf das Ufer hinaus, das stark bemoost war, und nachdem ich kurz nach links und rechts gesehen hatte, entdeckte ich die Eiche keine zehn Meter entfernt.

Ich trug weder einen Hut noch eine Jacke mit Kapuze, und ohne den Schutz des Baumdachs spürte ich, dass der Regen so hart war wie Eis. Ich wischte die Tropfen weg, die mir über die Stirn liefen, und rammte die Schaufel in die Erde, sodass der Stiel senkrecht stehen blieb, dann ging ich zur Eiche hinüber, kniete mich hin und richtete die Taschenlampe unter den Stamm.

Soames war nicht da.

Ich blinzelte, als ich das sah, blinzelte und lachte, und ich rieb mir die Augen, als würden sie mir einen Streich spielen. Aber der zweite Blick bestätigte den ersten.

Die Leiche war weg.

Kann gar nicht sein, dachte ich. *Soames ist tot. Einhundert-Prozent-Rigor-Mortis-tot, und die Toten stehen nicht einfach auf und gehen.*

Überall um mich herum waren die Geräusche des Regens, der auf Äste, Zweige, den Boden und den Bach traf. Der Dunst lag feuchtkalt auf meinem Gesicht, meine Kleidung war klitschnass, und ein schwerer Balken hatte sich über meine Brust gelegt und lähmte mein Atmen. Es gab einen kurzen Moment, in dem ich an meiner geistigen Gesundheit zweifelte und mich fragte, ob ich in der vorhergehenden Nacht geträumt und Soames' Leiche nie hierhergeschafft hatte. Aber nein, ich wusste, dass ich sie unter der Eiche versteckt hatte, und ich wusste, dass ich bei diesem Regen und Nebel nichts tun konnte. Es wäre sinnlos, die Gegend zu durchkämmen; ich würde nur wie ein Blinder wild um mich schlagen. Etwas war mit dem Leichnam passiert, etwas hatte ihn weggebracht, aber ich konnte mir nicht vorstellen, was.

Denk nach. Keine Panik. Denk nach. Ein Hund. Ein Tier vielleicht. Ein hungriger, wilder Hund hatte die Leiche gefunden.

Oder ein Mensch.

Ich stand auf, drehte mich schnell um, schnappte mir die Schaufel. Ich kehrte zurück zum Pfad. Meine Lunge funktionierte wieder normal, aber urplötzlich tat mir der Kopf weh. Schmerz bohrte sich in meine Schläfen.

Ich kenne diesen Scheißwald, dachte ich, *und wenn die Leiche hier ist, werde ich sie finden.*

dreizehn

Mit wässrigen Augen wachte ich gegen zehn Uhr auf. Mein trockener Hals schmerzte. Meine Heldentaten letzte Nacht hatten mir eine Erkältung eingehandelt, und das aktuelle Wetter heiterte mich nicht gerade auf. Der Himmel vor meinem Fenster war grau, an der Scheibe liefen die Tropfen in Streifen herunter. Ich sah zur anderen Straßenseite und zu dem Grabmal hinüber, in dem Ralph Soames seinen letzten Atemzug getan hatte, und zum ersten Mal seit seinem Tod kam mir der Gedanke, dass Catherine Embers womöglich nie mehr zu einem Besuch herkommen könnte.

Falls er tot ist, sagte mir die Stimme meines Gehirns. *Falls er nicht noch gelebt hat, als du ihn in den Wald getragen hast.*

Ich ging hinunter in die Küche und holte mir ein großes Tetra Pak Orangensaft aus dem Kühlschrank. Meine Mutter, die sich bereits für den Tag angezogen hatte, trank ihren Kaffee, las die *Times* und hatte eine Zigarette im Aschenbecher neben ihrer Hand.

»Halb elf«, sagte ich. »Ich staune, dass du mich nicht geweckt hast, um bei Sonnenaufgang loszulegen.«

»Sehr witzig.«

»Ich kann hoffen. Hast du das Buch allein zu Ende geschrieben? Bin ich gefeuert?«

»So leicht kommst du mir nicht davon«, sagte meine Mutter und blätterte eine Seite der Zeitung um.

»Ich weiß nicht. Ich hasse jede einzelne Minute, die ich an diesem Ding arbeite, aber anscheinend kann ich mich nicht davon befreien.«

»Pass auf ...« Sie schloss den Teil der Zeitung, den sie gerade gelesen hatte, und legte ihn gefaltet auf den Tisch. »Wir machen nachher oder morgen weiter.«

»Schön zu sehen, dass du mal etwas lockerer wirst.«

»Werd ich nicht. Allerdings möchte ich keine weiteren Unterbrechungen, und wenn die Cops heute kommen ... Sieh mal, was sie wollen, sprich mit ihnen, und dann machen wir weiter.«

Dann verzog sie sich in ihre Werkstatt im Keller, und für mich entwickelte sich der Tag zu einer qualvollen Warterei. Bei Kaffee, einem Apfel und Haferkleiedonuts las ich sämtliche Teile und Rubriken der *New York Times.* Ich ging zu meinem Zimmer hinauf, schob eine CD mit *Scheherazade* von Rimski-Korsakow in die Anlage und legte mich zum Zuhören aufs Bett. Der Regen hatte aufgehört, obwohl der Himmel nicht aufgeklart war, und ich brannte darauf, in den Wald zu gehen und dort nach Soames' Leiche zu suchen. Jetzt, bei Tageslicht, würde ich dort draußen etwas sehen können. Falls der Leichnam in der Nähe der Stelle war, wo ich ihn versteckt hatte, würde ich ihn bergen und begraben. Es sei denn, Soames lebte noch und war einfach fortgegangen ... was ich allerdings nicht für möglich hielt. Als ich ihn berührt hatte, als ich ihn getragen hatte, da hatte die Totenstarre bereits eingesetzt, und er war entsprechend steif gewesen. Definitiv. Ich hatte mir seinen Zustand nicht eingebildet. Er war Fleisch gewesen, und etwas anderes, Mensch oder nicht, hatte ihn fortbewegt. Das musste ich mir immer wieder sagen, um die irrationalen Gedanken zu vertreiben. Diese Gedanken unterwanderten meinen Verstand, und ich sah Ralph Soames aus dem Wald rennen und über die Straße zu unserem Haus kommen, wo er an die Tür hämmerte, während er meinen Namen rief und Rache schwor.

Es klingelte um fünf vor zwei. Aus der Küche, wo ich gerade einen Tee für meinen Hals aufbrühte, hörte ich, wie ein Auto in unsere Einfahrt einbog, und als ich aus dem Fenster über der Spüle schaute, sah ich einen blauen Polizeiwagen. Ein Mann stieg aus. Er trug eine dunkelbraune Hose, eine hellblaue Jacke und auf dem Kopf den Hut eines State Troopers. Ich ließ ihn den Weg heraufschlendern, bevor ich zur Tür ging.

»Wer ist da, Kurt?«

Meine Mutter stand hinter mir am Ende des Flurs auf der obersten Stufe der Kellertreppe.

»Der Polizeibeamte.«

»Nur einer?«

»Ja.«

»Gestern waren's zwei.«

»Falls er mit dir reden will, ruf ich.«

Nachdem er zum zweiten Mal geklingelt hatte, öffnete ich die Haustür.

Die einleitenden Worte stellten klar, dass er einer der beiden Beamten war, die tags zuvor hier gewesen waren, und ich die Person, die fort gewesen war.

»Kann ich Ihnen einen Tee anbieten?«, fragte ich ihn.

»Nein, vielen Dank.«

»Nun, ich mache mir jedenfalls gerade einen – ich habe mich erkältet –, also gehen wir doch bitte in die Küche.«

Am Tisch bei besagter Tasse Tee mit Zitrone versuchte ich, nicht informiert zu wirken und dem Polizisten neutrale Antworten zu geben. Obwohl er darauf aus war, von mir Informationen zu erhalten, wollte ich ihm etwas über den Fall entlocken. Nichts zu machen, er gab nur preis, was er und der andere Cop am Vortag meiner Mutter erzählt hatten: Ein Mann, Ralph Soames, Zahnarzt, war vor zwei Abenden das letzte Mal auf dem Friedhof auf der gegenüberliegenden Straßenseite gesehen worden. Er war mit seinem Wagen gekommen, und seitdem waren sowohl er als auch der Wagen, ein silberner Jaguar, verschwunden. Seine Sprechstundenhilfe war gestern und heute Morgen zur Arbeit gekommen, aber sie hatte nichts von ihm gehört. Sie hatte Termine mit seinen Patienten abgesagt. Diese Frau war seit Jahren bei ihm beschäftigt, und sie charakterisierte ihn als »ultra-verantwortungsbewusst«. Er würde niemals einfach so abhauen und andere im Regen stehen lassen.

»Ist er verheiratet?«, erkundigte ich mich.

»Keine Ehefrau. Keine Kinder.«

»Du meine Güte. Man kann in niemanden hineinsehen.«

Das Foto von Soames, das er mir gegeben hatte, eine farbige Porträtaufnahme, lag neben meiner Tasse.

»Und Sie sind sicher, dass Sie diesen Mann noch nie gesehen haben?«

Ich sah das Foto wieder an, setzte dabei weder eine übertrieben konzentrierte Miene auf noch versuchte ich, gleichgültig zu wirken.

»Habe ich nicht. Nein.« Ich hob meine Teetasse. »Kam er häufig zum Friedhof?«

»Er ist schon mal dort gewesen. Zumindest glauben wir das.«

Der Polizist war schwer einzuschätzen; sein schnauzbärtiges Gesicht unter diesem Hut wirkte grundsätzlich freundlich. Doch trotz seiner Freundlichkeit hatte ich den Eindruck, dass er mehr wusste, als er durchblicken ließ. Hatten die Cops eine Spur? Ich vermutete, dass sie das Personal vernommen hatten, das sich um den Friedhof kümmerte. Und mit mir und meiner Mutter sprachen sie, weil wir nebenan wohnten und womöglich etwas gesehen oder gehört haben könnten. Schleierhaft war mir allerdings, warum sie so schnell an dem Fall arbeiteten. Soames war, das hatte dieser Beamte gesagt, vor zwei Abenden zum letzten Mal gesehen worden. Das war keine zwei Tage her. Und doch hatten sie bereits am gestrigen Nachmittag Ermittlungen über sein »Verschwinden« angestellt. Und das alles für einen gewöhnlichen Zahnarzt? Einen seelisch und körperlich gesunden Erwachsenen? Entweder hatte Soames eine wichtige Stellung inne, von der ich nichts wusste, oder die Polizei hatte Grund zu der Annahme, dass sich ein Verbrechen ereignet hatte. Hatten sie vielleicht die Blutflecken im Grabmal gesehen? Sehr gut möglich. Letzte Nacht war ich vom Verschwinden der Leiche ziemlich erschüttert gewesen und hatte völlig vergessen, das Blut wegzumachen, aber wenn Catherine diejenige gewesen war, die ihnen gesagt hatte, Soames sei etwas zugestoßen, dann hätten sie die Gruft und das Blut ohnehin am Morgen nach dem Ereignis untersucht haben können. Es kam mir immer noch ziemlich hirnrissig vor, aber ausgerechnet die Frau, für die ich gegen das Gesetz verstieß, könnte der Polizei den entscheidenden Hinweis gegeben haben.

»Wenn ich fragen darf … Ist dieser Mann wirklich nur ein Zahnarzt?«

»*Nur* ein Zahnarzt?«, wiederholte der Polizist.

»Er ist jetzt, was sagten Sie, zwei Tage verschwunden. Ist das nicht sehr schnell, dass Sie ihn schon jetzt als vermisst melden? Ich meine, wenn er der Bürgermeister der Stadt wäre oder so …«

»Ganz und gar nicht, ganz und gar nicht. Er ist Zahnarzt in Kingston, wie ich Ihnen gesagt habe. Aber wir glauben, dass ihm irgendwas zugestoßen sein könnte, ja.«

»Ich verstehe. Auf dem Friedhof?«

»Vielleicht.«

»Gruselig.«

Ich stand auf, um meine Teetasse auszuspülen, und der Polizist erhob sich mit mir. Sein Gesicht unter dem Hut mit dieser breiten Krempe blieb freundlich.

»Wenn ich irgendwas gesehen hätte …«, sagte ich und spülte meine Tasse. »Habe ich aber nicht. Sorry.«

»Trotzdem vielen Dank. Freut mich, dass ich Sie noch erwischt habe. Ihre Mutter sagte, nachmittags wären Sie normalerweise immer hier.«

»Normalerweise.«

»Und Sie wohnen hier? Bei ihr?«

»Hm-hmh. Ich helfe ihr beim Schreiben eines Buchs.«

»Sind Sie Schriftsteller?«

»Traurigerweise.«

»Falls Ihnen noch etwas einfällt, irgendetwas, das Ihnen vielleicht aufgefallen ist …«

»Werde ich es Sie wissen lassen.«

Er gab mir eine Karte mit seinem Namen und seiner beruflichen Telefonnummer, und ich begleitete ihn zur Tür.

»Ist sie zu Hause? Ihre Mutter?«

»Unten. Soll ich sie holen?«

»Schon in Ordnung. Nochmals vielen Dank, dass Sie sich die Zeit genommen haben.«

Ich schloss die Tür, blieb aber am Fenster daneben stehen und beobachtete durch die Gardine, wie sein Wagen aus unserer Einfahrt zurücksetzte. All diese Fragen, die er am Ende gestellt hatte. Wohnte ich hier bei meiner Mutter? War ich nachmittags normalerweise nicht zu Hause? Er war gestern gekommen und hatte mit ihr gesprochen und nicht mit mir; bei seinem heutigen Besuch hatte er mit mir gesprochen, aber nicht mit ihr. Was dachte er, was hier los war – eine Verwandlung à la Tony Perkins in *Psycho*? Meine Güte! Schon möglich, dass ich Probleme habe, dachte ich, aber ich bin kein Norman Bates.

vierzehn

Meine Mutter kam die Treppe rauf und sah mich vor dem Fenster grübeln. Sie hatte nassen Gips an den Händen, einen Tonklecks auf dem Gesicht und ein grünes Tuch um den Hals gebunden.

»Was?«, sagte ich.

»Bist du fertig?«

»Scheint so.«

»Was hat er gefragt?«

»So ungefähr das gleiche wie dich.«

»Keine Fragen, wo du gestern gewesen bist?«

Mein Rücken spannte sich an. »Warum sollte er?«

»Nur so. Ich habe ihm nicht gesagt, dass du auch die Nacht davor weg warst; soweit er weiß, bist du also nur am Nachmittag weg gewesen.«

»Und damit willst du mir was sagen?«

»Nichts.«

Sie reckte ihr Gesicht nach vorn und setzte so eine Miene auf, forderte mich auf, mehr aus ihr herauszukitzeln.

»Okay, angebissen, Ma. Du denkst, weil ich spätabends noch weg war und die Cops dann am nächsten Tag aufkreuzen, hätte ich was gemacht, das ich besser nicht hätte tun sollen?«

»Hab ich das gesagt?«

Sie stand am Ende des Flurs in der Tür zum Keller, und ihre stahlgrauen Augen bohrten sich wieder in mich. Dann drehte sie den Kopf, und ich sah sie im Profil – die Habichtsnase, den schmallippigen Mund, die harte Linie ihres Unterkiefers. Sie hatte einem Raubvogel noch nie so ähnlich gesehen.

»Warum bist du in einer eisig kalten Nacht um zwei Uhr morgens aus dem Haus gegangen? Kann man doch mal fragen. Kommst völlig schmutzig zurück, tischst mir irgend so eine lächerliche Geschichte auf, du wärst mit dem Bus in die Stadt gefahren …«

»Ich bin in der Stadt gewesen«, sagte ich.

»Und in derselben Nacht verschwindet in der Nähe ein Mann. Wer weiß? Könnte Zufall sein.«

»Ich hab mich erkältet. Ich gehe rauf und mache ein Nickerchen.«

»Ich dachte, wir arbeiten an dem Buch.«

»Lass uns das morgen machen.«

»Gestern haben wir auch schon nicht dran gearbeitet.«

»Ich sagte morgen. Kannst du denn nicht mal selbst schreiben? Schreib eine Rohfassung des nächsten Kapitels, mit der ich dann weiterarbeiten kann.«

»Morgen also, ich nehme dich beim Wort«, sagte meine Mutter. »Nicht später als zehn. Wir müssen bei dem Projekt wieder in den Zeitplan kommen.«

Meine Mutter schien zu glauben, ich wäre irgendwie in alles verwickelt – Eilmeldung: war ich ja auch –, aber was dachte sie denn, was ich getan hätte? Mord? Und warum hatte sie ihren Verdacht nicht gegenüber der Polizei geäußert? Solange ich die Arbeit an ihrem Buch wieder aufnahm, waren ihr meine sonstigen Aktivitäten unwichtig. Ich könnte von ihr aus losziehen und Leute abmurksen, wenn ich nur weiter an ihrer Autobiografie schrieb.

Schreiben, schreiben, schreiben. Leck mich. Warum ließ ich die ganze Scheiße nicht einfach sein?

Das werde ich, dachte ich. Vielleicht. Aber eins nach dem anderen.

Heute Abend musste ich erst mal diese Leiche finden.

fünfzehn

Ich ging vor Einbruch der Dunkelheit. Ich fühlte mich schon ziemlich mitgenommen mit meinem schmerzenden Hals und der verstopften Nase, und meine ohnehin schlechte Laune verschlechterte sich weiter, während ich zum Bachufer wanderte. Meine Mutter dachte, dass das mein täglicher Spaziergang war, ein bisschen Bewegung, nichts weiter. Aber warum zum Henker tat ich das überhaupt? Was war die Belohnung, was sprang dabei für mich heraus? Ich riskierte meine Festnahme, um Catherine Embers zu helfen, aber für sie war ich unsichtbar. Nein, weniger als das. Ein Schutzengel, von dessen Existenz sie nicht mal wusste. Ich riss mir den Arsch auf, damit die Polizei ihr nicht auf die Schliche kam, und doch hatte sie der Polizei womöglich erzählt, was sie getan hatte. Ziemlich schräg, die ganze Situation, gestört.

Trotz der immer wieder auffrischenden Brisen, welche die Baumkronen bogen und das Laub aufwirbelten, war die Luft jetzt schon den zweiten Tag in Folge warm. Ungefähr zehn Grad plus, parkawarm. Und eine Brise war es auch, die mich wie ein Geschenk des Himmels zur Leiche führte. Neben der Eiche, unter der ich Soames' Leichnam verstaut hatte, suchte ich auf dem Boden nach Spuren – Fußabdrücke, Tierspuren, irgendwas –, als mir jäh ein heftiger Geruch ins Gesicht schlug und sofort einen Würgereflex auslöste. Ich drückte mir eine Hand auf den Mund. Aber nichts kam aus mir heraus, und tatsächlich lächelte ich sogar. Der Geruch erinnerte an von Maden verseuchtes Fleisch, es war eindeutig und unverwechselbar Verwesungsgeruch.

Bingo, dachte ich.

Ich folgte, wie man so schön sagt, meiner Nase. Ließ mich von ihr vom Bach hinüber zum Waldrand führen. Der Wind schien zu drehen, und ich verlor die Witterung, aber da brauchte ich den Wind schon nicht mehr, denn ich sah zwei schwarze Schuhe, etwa drei Meter vor mir – schmutzige Schuhe mit den Spitzen nach oben. Die schwarze Hose war überall zerrissen, die Haut darunter hatte ein fahles Weiß. Teile von Soames' Armen fehlten, sämtliche Finger, das Herz und die Brust. Es war kein Sherlock Holmes nötig, der mir sagte, dass sich irgendein Geschöpf an ihm gütlich getan hatte, doch was immer ihn zum winterlichen Festschmaus gemacht hatte, bei seinem Gesicht hatte es nicht zugeschlagen. Sein Gesicht war aschfahl, aber unversehrt, und unter seinem blonden Schopf war immer noch derselbe sterile Gesichtsausdruck, den ich schon gesehen hatte, als er noch am Leben gewesen war.

»Ich bitte um Entschuldigung, Soames.«

Hatte ich das Tier durch diese Worte alarmiert? Oder durch meinen Geruch? Oder hatte es mich von irgendwo ganz in der Nähe beobachtet? Jedenfalls hörte ich hinter mir ein Bellen und eine Bewegung, und ich glaube, ich wirbelte in der Luft herum, um zu sehen, welcher Bestie ich ins Gehege gekommen war.

Ein Hund. Oder besser gesagt, ein Wolf! Jedenfalls was Hundeartiges, schwarz und räudig – nachdem ich das Ding erblickt hatte, verharrte ich nicht, um es erst einmal genau zu klassifizieren: Der Hund ging zum Angriff über, während er mich anknurrte, und bei mir wurde die instinktive Kampf-oder-Flucht-Reaktion ausgelöst, ein Mechanismus, für den keine Denkprozesse erforderlich waren.

Ich weiß, dass ich losrannte und mir der Hund direkt auf den Fersen war. Ich weiß, dass ich Zweige zur Seite schlug. Ich rannte blindlings, bis ich vom Bach gestoppt wurde, und als ich stehen blieb, kehrte das bewusste Denken zurück. Ich orientierte mich. Den Hund konnte ich zwar immer noch hören, allerdings hatte ich den Abstand zwischen uns deutlich vergrößert. *War* es ein Wolf? Es besaß die Schnauze, den Körper und die spitzen Ohren eines Wolfs, dieses buschige Fell, aber weder die Körpergröße noch die Masse. Außerdem registrierte ich, dass mit dieser Kreatur irgendwas nicht in Ordnung war. Etwas stimmte nicht mit seinem Gang. Die Schritte waren eher Hüpfer, den Kopf hielt es gesenkt, und als es durchs Unterholz auf mich zugehinkt kam, sah ich, wo das Problem lag.

Ein Bein des Hundes berührte nie den Boden, er hatte ein verkrüppeltes Bein ohne Pfote.

Schlagartig ließ meine Furcht nach. Sie verschwand nicht einfach so, sondern ging in Wut über. Ich spürte, wie sich dieser Zorn in mir aufbaute, eine Wut auf absolut jede Frustration, die ich im Verlauf dieser letzten Monate erduldet hatte. Ich dachte an all die Scheiße, die mir immer durch den Kopf ging – das Buch meiner Mutter, meine eigenen abgebrochenen Projekte, mein lachhaftes Liebesleben und meine Besessenheit von Catherine, an alles Mögliche eben –, und ich konnte einfach nicht akzeptieren, dass ich jetzt zu alledem auch noch mit einem Scheißköter kämpfen musste. Eine rachitische, wildgewordene, dreibeinige Töle, an der ich vorbeikommen musste, um Soames begraben zu können. In diesem zeitlich gedehnten Moment, als ich nicht von der Stelle wich, als ich die Arme hob, um mich zu verteidigen, verwandelte sich das Tier zum lebendigen Symbol meiner gesamten verhunzten Existenz. Abgefuckter Typ, totaler Versager – das fasste Mr. Kurt Morgan ziemlich treffend zusammen. Ich wollte die ausgemergelte Kehle des Viehs packen und es erwürgen, ihm gleichzeitig die Augen ausbeißen.

Was ich nicht tat. Aber ich suchte auf der Erde nach einer Waffe, nach einem Stein oder Stock, den ich als Schlagwaffe nutzen konnte. Der Hund blieb stehen, hob schnuppernd die Nase, suchte den Geruch von Angst, und über die feuchte Erde des Bachufers hinweg tauschten wir wie bei einem urzeitlichen Kräftemessen Blicke aus. Konfrontation zwischen Mensch und Tier, die Augen unbewegt, Rückzug oder Angriff. Drei Schritte weiter, und ich hätte den Hund wie einen Football treten können; ein Satz, ein Sprung (falls er springen konnte), und er wäre auf *meine* Kehle losgegangen.

»Verpiss dich! Du hast dir den Bauch schon vollgeschlagen.«

Aber der Hund hatte seinen Schatz gefunden. Genug Fleisch für eine ganze Weile. Ein Hund, der durch sein unbrauchbares Bein ziemlich eingeschränkt in dem war, was er erbeuten konnte, würde diese Chance ganz bestimmt nicht auslassen. Ich versuchte es wieder, redete mit ihm in einer tiefen, nicht bedrohlichen Stimme, in der Hoffnung, dass der Hund früher mal ein Haustier gewesen war und auf eine freundliche Stimme positiv reagieren würde, erhielt als Reaktion jedoch nur ein Zähnefletschen und ein blindes, tollwütiges Knurren.

Ich machte einen Ausfallschritt nach links; er sprang los. Ich sah den Blutrausch in seinen Augen. Ich kniete mich blitzschnell hin, als der Hund über meinen Kopf hinwegschnellte, und als ich aufstand, hörte ich ein Platschen. Der Hund war im Bach gelandet, und ich krabbelte schnell die Uferböschung hinauf, um einen auf der Erde liegenden Ast zu ergreifen.

Der Hund strampelte heftig in der starken Strömung. Seine Zunge hing heraus. Ich empfand kein Mitleid, hatte vor, ihn zu schlagen, wenn er das Ufer erreichte. Er wand sich und ruderte in der Strömung, und als er sich schließlich ans Ufer schleppte, holte ich mit dem Ast zu einem geradezu übermenschlichen Schwung aus. Ich erwischte ihn seitlich am Kopf, und er bellte einmal, wimmerte vor Schmerz. Hüpfend griff er weiter an, und ich musste erneut zuschlagen. Ich führte einen Überkopfschlag aus, den Hieb eines Höhlenmenschen auf den Schädel des Tiers. Blut flog aus seinem Ohr. Aber nicht einmal das vermochte seine Angriffslust zu stoppen. Der Hund versuchte erneut, mir an die Kehle zu gehen, und sprang ab. Ich riss den Ast gerade nach oben und stieß ihn dem Tier in den Bauch. Es quiekte wie ein Schwein. Ich schaute zu, wie es zurück ins Wasser segelte und platschend aufschlug, woraufhin sich das Wasser sofort rot färbte. Das Tier tauchte nicht mehr auf.

Ich gehe hin, dachte ich. *Zu ihr. Nach alldem hier muss ich das tun. Scheiße, ja. Ich werde ihr sagen, was passiert ist, werde ihr erzählen, was ich alles für sie getan habe. Von der Leiche bis zu seinem Auto und diesem dämonischen Tier … Wenn sie das hört, kann sie tun und lassen, was sie will, sie kann mich für einen ekligen Kerl halten und die Cops rufen, aber ich muss zu ihr.*

Ich sah es bereits vor meinem geistigen Auge. Eine originelle Art, mich vorzustellen. Bei ihr klingeln, sprechen, sobald sie die Tür aufmacht. *Hi. Catherine? Ich bin Kurt. Ich beobachte dich schon lange, und du musst dir anhören, was ich für dich getan habe. Was ich für dich riskiert habe. Ich hab mir förmlich ein Bein für dich ausgerissen. Niemand sonst hätte das alles getan. Niemand. Ich bin der Typ, der sich die Mühe gemacht hat, den Mann zu vergraben, den du getötet hast.*

Was dagegen, wenn ich reinkomme?

Später verließ ich das Haus mit meiner Taschenlampe und einer Schaufel. Als ich Soames' Leichnam erreichte, band ich mir ein altes Hemd vors Gesicht.

Die Beisetzung selbst? Spartanisch.

Keine Gebete, keine Gedenkreden, keine förmliche Feier.

Nur Gerüche.

sechzehn

Tagsüber schrieb ich, wartete bis zum Abend, dann fuhr ich zu ihrem Haus. Ich erwartete Abwehrmechanismen unterschiedlichster Art, einen vorsichtigen, zurückhaltenden Menschen, und ich hatte überhaupt keine Strategie, wie ich zu ihr vordringen könnte. Doch als sie mir die Haustür öffnete, stieß ich nur zwei Worte aus.

»Ralph Soames.«

Ein abrupter Beginn, als hätte ich einen Ziegelstein geworfen, und ich beobachtete, wie Catherine einen kleinen Schritt zurückwich.

»Entschuldigen Sie?«

»Ralph Soames. Er …«

Sie trug kein Make-up, und ich sah die Falten auf ihrem Gesicht. Krähenfüße an den Augenwinkeln. Ihre Augen waren dunkelgrün, und aus der Nähe betrachtet hatte sie die markanten Wangenknochen eines Filmstars, so ausladend und hoch waren sie, obwohl ihre eher derbe Struktur, die sich auch in ihrem Mund wiederfand, es etwas weit hergeholt erscheinen ließ, Catherine hübsch zu nennen.

»Tut mir leid«, sagte ich. »Ich fang noch mal an.«

»Sie sind nicht von der Polizei.«

»Ich? Nein. Ich hab nichts mit der Polizei zu tun.«

»Dann sind Sie …«

»Kurt Morgan. Es gibt einen Grund, warum Ralph Soames verschwunden ist.«

»Wer ist Ralph Soames?«

»Ich habe ihn für Sie im Wald vergraben. Man wird ihn nicht finden.«

»Was wird das hier?«

»Ich weiß, was passiert ist«, sagte ich. »Aber ist schon okay. Ich bin nicht gekommen, um Ihnen zu drohen oder Forderungen zu stellen. Ich … Hier. Lesen Sie das.«

Am Abend zuvor hatte ich mir überlegt, dass es einfacher wäre, ihr aufzuschreiben, was ich gemacht und dass ich sie beobachtet hatte, als es ihr zu erzählen. So konnte sie diese Informationen allein und in ihrem eigenen Tempo verdauen. Aber ich wollte, dass sie sah, woher der Brief kam, damit sie mit dem Geschriebenen ein Gesicht verbinden konnte. Nun musste ich hoffen, dass sie nicht die Cops rief.

»Da steht auch meine Handynummer. Und meine Anschrift. Sie können mich auch manchmal in der *Fieldhouse Tavern* antreffen.«

Sie hatte zartrosa Sommersprossen, und die Haare hatte sie heute zu einem Zopf geflochten, der sich ihren halben Rücken hinunterschlängelte.

Darf ich sie anfassen?, dachte ich. *Darf ich deine Haare küssen?*

»Wie war noch mal Ihr Name?«

»Kurt Morgan.«

»Warten Sie hier.«

»Es ist ein langer Brief. Warum rufen Sie mich nicht einfach an …?«

»Warten Sie.«

Sie zog sich mit dem Umschlag zurück und knallte die Tür zu. Mit weichen Knien ging ich die Treppe zu ihrem Hauseingang hinunter und zur Einfahrt, wo mein Wagen stand. Sah ganz so aus, als hätte ich unser Kennenlerntreffen verpfuscht, als würde Catherine nun auf kürzestem Weg zum Telefon rennen. Die Polizei würde mich hier antreffen – einen gutmütigen Stalker, der auf ihre Liebe hoffte. Vielleicht dachte sie, ich wollte sie erpressen. Mein Brief erklärte, dass ich kein Geld wollte, nichts in der Richtung, aber wie konnte sie mich nicht als Gefahr ansehen? Das musste sie, dachte ich, jeder, bei dem ich so auftauchen würde wie bei ihr, würde das tun, aber das ließ sich schlecht vermeiden. Mir war vorher klar gewesen, dass der erste Kontakt etwas holprig ausfallen würde. Dass er mit meiner Verhaftung enden könnte. Aber ich hatte mir geschworen, auf sie zuzugehen, und war auf alles vorbereitet, was folgen mochte.

Wenn ich ihre Haare berühren könnte, dachte ich. *Diese langen, roten Haare. Wenn ich reinkommen könnte, während sie den Brief liest, vor ihrem Tisch von hinten an sie herantreten, meinen Mund senken, ihr Haar küssen könnte, während sie liest …*

Ich wartete in meinem Wagen und hörte Bartóks *Konzert für Orchester*, als sich mir unvorhergesehene Fragen in den Kopf drängten, Dinge, über die ich bislang nicht nachgedacht hatte. Womit verdiente Catherine ihren Lebensunterhalt? Wie beglich sie die Kosten ihres Hauses? Ich war schon morgens, nachmittags und abends an ihrem Haus vorbeigefahren, und meistens stand ihr Nissan in der Einfahrt. Eine Garage hatte sie nicht. Das eingeschossige Haus mit seinem Satteldach war nichts Ausgefallenes, aber irgendwoher musste sie ein Einkommen beziehen. Arbeitete sie zu Hause?

Das Bartók-Konzert ging zu Ende, der Abend ebenfalls. Der Himmel war schwarz, der Mond hinter Wolken verborgen. Es war inzwischen eine Stunde verstrichen, seit ich ihr den Brief gegeben hatte, und auch wenn er mit seinen fünf handschriftlichen Seiten durchaus lang war, hätte sie ihn eigentlich in der Hälfte der Zeit gelesen haben müssen. Ich muss mich wohl getäuscht haben, sagte ich mir. Komplett danebengelegen haben. Sie kommt nicht mehr raus.

Eine heftige Verzweiflung ergriff mich, eine fast suizidale Hoffnungslosigkeit. Mir war danach, meinen Kopf durch die Windschutzscheibe zu rammen. Ich konnte entweder das tun oder allein in die Nacht fahren, doch der zweiten Option konnte ich nicht ins Auge sehen. Noch vor einer Stunde hatte ich meinen Brief abgeben und wieder gehen wollen; jetzt nicht mehr. Wohin sollte ich denn? Ich würde mich gnadenlos volllaufen lassen, wenn ich in eine Kneipe ginge, und zu Hause in meinem Zimmer würde ich mich unerträglich einsam fühlen.

Komm raus und gib mir ein Zeichen. Einen Hinweis darauf, was du denkst. Catherine.

Es war kalt geworden im Wagen, also ließ ich den Motor an und drehte die Heizung hoch. Ich rammte meinen Kopf nicht durch die Windschutzscheibe. Ich blieb in Catherines Einfahrt stehen, Stoßstange an Stoßstange mit ihrem Nissan. Ich schniefte und hustete und fühlte mich fiebrig warm und benebelt, nahm aber nur Aspirin. Ich hatte ja meinen Flachmann, gefüllt mit Brandy, und fischte ihn nun für einen kräftigen Schluck aus meiner Jacke. Dann senkte ich die Rückenlehne meines Sitzes nach hinten und schloss die Augen.

Wiederholtes Klopfen an meine Seitenscheibe weckte mich. Erst dadurch wurde mir überhaupt bewusst, dass ich eingeschlafen war. Ich richtete mich kerzengerade auf, als hätte mich jemand hochgerissen – Catherines Gesicht befand sich vor der Seitenscheibe auf der Fahrerseite, ernst, die grünen Augen eisig. Sie hatte sich in ihren schwarzen Umhang gehüllt, ihre Haare waren immer noch zu einem Zopf gebunden.

»Ich werde jetzt einsteigen«, informierte sie mich. »Wir fahren rüber.«

Ich musste ein unwillkürliches Gähnen unterdrücken und brauchte etwas Zeit, um wieder einen klaren Kopf zu bekommen.

»Rüber?«, wiederholte ich. »Wohin?«

»Zum Friedhof.«

»Moment. Ich hab nicht –«

»Ich gehe auf die andere Seite. Sie können fahren.«

»Der Friedhof. Ihr Friedhof?«

»Wir machen's im Grabmal.«

»In June Hazzards Gruft?«

Ich muss ziemlich begriffsstutzig geklungen haben, als ich ihre Fragen wiederholte.

»Sie wissen doch, wo das ist, Kurt, oder? Hab ich recht?«

Sie wusste, dass sie recht hatte, und nachdem sie eingestiegen war, setzte ich aus der Einfahrt zurück.

In ihrer Straße gab es keine Laternenpfähle, und ich fuhr vorsichtig durch die Dunkelheit. Die warme Luft aus den Heizungsöffnungen breitete sich im Wagen aus. Die Bartók-CD hatte wieder von vorne begonnen – ich schaltete die Musik aus. Als ich Catherine einen Blick zuwarf, begann sie zu lächeln, aber in ihrem Lächeln lag nur Ironie, und das verwirrte mich. *Hier läuft irgendein Streich*, sagte dieser Blick, aber ich konnte nicht erkennen, wem hier laut Catherine ein Streich gespielt wurde. Mir oder ihr. Wen auch immer sie meinte, in ihren Augen blieb dieser grimmige Ausdruck.

Eine grünäugige Killerin, dachte ich. Der Ausdruck schien, sosehr er auch an Groschenromane erinnerte, sehr passend.

Catherine hatte in dem Grabmal einen Mann kaltgemacht; ich wäre der nächste. War das der Grund für ihr Lächeln? »Ralph Soames ist zuletzt auf dem Friedhof gesehen worden«, sagte ich. »Das weiß die Polizei. Ich weiß nicht, woher, aber sie wissen es. Aber sie wissen nicht, was ihm dann zugestoßen ist, ob er tot oder irgendwohin verschwunden ist. Zumindest haben sie mich das glauben lassen.«

»Wann?«

»Gestern.«

»Sie waren bei Ihnen zu Hause?«

»Ja. Bevor ich ihn vergraben habe.«

»Haben die mich erwähnt?«

»Nein. Haben sie –? Haben sie schon mit Ihnen gesprochen?«

»Woher weiß ich, dass Sie Soames vergraben haben?«, fragte Catherine. »Haben Sie einen Beweis?«

»Ich zeig Ihnen, wo.«

»Wo er vergraben ist?«

»Ja. Ich habe seine Brieftasche und die Papiere aus seinem Wagen dazugelegt, alles.«

»Gründlich.«

»Musste ich ja. Soll ich es Ihnen zeigen?«

»Wozu?«, meinte Catherine. »Ich glaube Ihnen.«

Sie schenkte mir wieder dieses ironische Lächeln, aber jetzt lag noch etwas anderes darin. Einer ihrer Mundwinkel ging weiter nach oben als der andere, und diese Asymmetrie verlieh ihrem Gesicht eine neue Qualität, etwas, das ich zuvor nicht gesehen hatte. Die Härte hatte sich in müde Resignation gewandelt, in ein klagloses Sich-Fügen in ein Schicksal, das einfach ertragen werden musste.

Es ist das Töten, dachte ich. *Sie will mich nicht umbringen, meint aber, es tun zu müssen. Sie ist es leid, diese aufdringlichen Männer beseitigen zu müssen.*

Vielleicht würde sie im Grabmal ein Messer unter ihrem Umhang hervorziehen. Oder eine Kanone. Ich traute Catherine beides zu; sie schien es ziemlich gelassen zu nehmen, dass die Cops an Ralph Soames' Fall arbeiteten, herumschnüffelten. Sie könnte versuchen, mich zu Opfer Nummer Zwei zu machen, und falls das passierte, würde ich mich verteidigen. Ich hatte nicht vor, in dieser Nacht zu sterben. Nachdem ich mich jedoch ihr gegenüber offenbart hatte, nachdem ich mich bloßgestellt hatte, konnte ich nicht mehr kehrtmachen und nach Hause fahren. Was bei diesem Tanz, den wir hier gerade aufführten, auch geschehen mochte, ich würde sie führen lassen und reagieren. Ich beschloss, dass ich einfach sehen würde, was diese Nacht am Ende brachte.

siebzehn

Ich stand vor der Wahl zwischen unserer Einfahrt und dem Kies vor dem Friedhofstor und entschied mich, in der Einfahrt zu parken. Gleichzeitig befürchtete ich, meine Mutter könnte mich mit Catherine aus dem Wagen steigen sehen, falls sie in der Küche oder in ihrem Schlafzimmer war. Sie würde sich mit Sicherheit fragen, was zum Teufel los war, wenn sie uns die Straße überqueren und auf den Friedhof gehen sah. Für sie war es der Friedhof, auf dem Ralph Soames in der Nacht meiner unentschuldigten Abwesenheit verschwunden war. Wo wir gerade bei Verdächtigungen sind: Was war mit der Polizei? War es überhaupt sicher für Catherine und mich, in June Hazzards Grabmal zu gehen? Es war durchaus möglich, dass die Cops es aus der Hütte am Friedhofseingang observierten.

Catherine hatte die Wagentür geöffnet und war ausgestiegen. Sie schaute sich um. Ich wartete vor meiner Tür.

»Das Haus mit den Augen in den Fenstern«, sagte Catherine.

»Meinen Augen«, sagte ich. »Von niemandem sonst.«

»Ich habe all die Monate nie etwas bemerkt.«

»Ralph Soames offenbar schon.«

»Er hat es mir gegenüber nie erwähnt.«

»Als er an diesem Abend rüberkam … Mein Gott! Wie ist er mir auf die Spur gekommen?«

»Er hat Sie möglicherweise irgendwann gesehen«, sagte Catherine. »Nachdem Sie uns immer gefolgt sind.«

»Er hat, aber Sie nicht?«

»Wieso nicht? Vielleicht ist bei ihm der Groschen auch erst gefallen, als Sie ihn angerufen haben.«

»Ja, da hab ich echt Scheiße gebaut. Wollte wohl ein bisschen zu gerissen sein.«

»Irgendetwas, das Sie gesagt haben, hat es ihm verraten.« Catherine deutete mit dem Kopf.

»Haben Sie zwei Autos?«

»Zwei? Nein. Der gehört meiner Mutter.«

»Was hat ihr Wagen hier zu suchen?«

»Es ist ihr Haus.«

»Das haben Sie mir nicht gesagt«, sagte sie. »Dass Sie mit jemandem zusammenwohnen.«

»Tu ich nicht«, erwiderte ich. »Ich meine, mit jemandem zusammenwohnen. Es ist meine Mutter. Gilt das als ›mit jemandem zusammenwohnen‹?«

Über Catherines Gesicht huschte ein Ausdruck, der an ein Lächeln herankam, eine leichte Belustigung.

»Vielleicht nicht«, sagte sie. »Aber ist schon witzig.«

»Da oben …« Ich streckte den Arm aus. »Auf dieser Seite des Hauses. Das ist mein Zimmer.«

»Ich kann das Teleskop nicht sehen.«

»Es steht ein Stück vom Fenster entfernt auf einem Stativ.«

»Was denkt Mami denn, wozu Sie das haben?«

»Astronomie«, sagte ich. »Wozu sonst?«

»Um Trauernde zu beobachten. Um Menschen in den schmerzhaftesten Momenten der Trauer zu bespitzeln.«

»So was mache ich nicht.«

»Nein. Warum auch?«

Sie sagte das voller Sarkasmus und schüttelte den Kopf, und ich meinte, ein verschmitztes Blitzen in ihren Augen zu bemerken. Sie wusste genau, dass ich mich winden würde, wenn sie mich jetzt fragte, ob ich sie nicht hineinbeten wolle. Meine Abwehrhaltung, als wir auf meine Mutter zu sprechen gekommen waren, musste mich verraten haben.

»Sie trifft niemanden. Sie lebt wie eine Einsiedlerin.«

»Wer?«

»Meine Mutter.«

»Was interessiert's mich?«

»Oh …«

»Ich möchte sie nicht kennenlernen, Kurt. Lassen Sie uns einfach tun, was wir tun müssen.«

Falls sie beabsichtigte, mich umzubringen, schien sie anzunehmen, ich würde ihr wie ein dummes Schäfchen folgen. Und ich blieb tatsächlich einige Schritte hinter ihr zurück, als wir über die Straße, durch das Friedhofstor und weiter vorbei an den Grabsteinen und Kreuzen gingen.

»Warten Sie hier. Ich muss eine Kerze anzünden.«

Ich blieb am Eingang des quadratischen, weißen Grabgewölbes stehen, während Catherine in die Dunkelheit ging.

»Okay. Sie können reinkommen.«

Eine Kerze brannte auf der Steinplatte, an der Soames mit dem Kopf aufgeschlagen war. Ich war hier im vorderen Raum, Catherine war in den zweiten verschwunden und hatte die Tür zwischen den beiden Kammern nicht geschlossen.

»Kommen Sie«, sagte sie. »Es gibt keine Geheimnisse mehr.«

Ich trat durch die Öffnung, war in höchster Alarmbereitschaft.

»Sie ist hier hinten, unter dem Stein, aber sie lässt mich nicht los.«

Catherines Stimme klang erschöpft und müde. Ihre Hand berührte meinen Arm. Sie stand neben mir, und sie hatte weiße Kerzen auf dem weißen Sarkophag angezündet, in den der Name June Hazzard eingemeißelt war.

»Wie wollen Sie es machen?«

»Was machen?«, fragte ich.

»Sie machen jetzt aber nicht auf schüchtern, oder? Das ist so ziemlich das Letzte, was ich will.«

Wir starrten uns in die Augen, aber irgendwo zwischen unseren Mündern kamen uns die gesprochenen Worte abhanden. Catherine schien irgendetwas von mir zu erwarten, und ich hatte nicht die geringste Ahnung, was das sein konnte.

»Catherine. Sie haben meinen Brief gelesen, Sie wissen, was ich für Sie empfinde, aber ich bin nicht sicher, warum ich jetzt hier bin.«

»Hör auf mit der Scheiße und tu's einfach.«

»Was soll ich tun?«

»Diese Spielchen sind ermüdend.«

»Haben Sie den Cops gesagt, dass Ralph Soames verschwunden ist? Niemand sonst war an diesem Abend auf dem Friedhof.«

»*Du* hast dir doch in den Kopf gesetzt, mich zu beobachten.«

»Sie beantworten meine Frage nicht.«

»Ich hab's den Cops gesagt. Das war ich.«

»Warum? Scheiße! Warum?«

»Ich kann mich gegen June nicht wehren. Ich bin's leid, es zu versuchen.«

»June Hazzard?«

»Ich hab ihnen gesagt, ich würde mich stellen. Um meine Strafe zu erhalten. Aber offensichtlich ist es nicht das, was sie will.«

»Was sie will? Sie ist tot.«

»Sie will alles von mir – den höchsten Preis.«

»Warum reden Sie so, als würde sie noch leben?«

»Können wir es jetzt bitte hinter uns bringen? Hier. Benutz das hier.«

Sie griff unter ihren Umhang, und ein Messer tauchte auf. Die Klinge musste fünfzehn, zwanzig Zentimeter lang sein, und ich erhob keinen Widerspruch, als sie das braune, lederne Heft in meine Hand drückte.

»Catherine …« Ich war fassungslos. »Was erwarten Sie von mir?«

»Bist du ein Sadist? Tu's endlich.«

»Bitte buchstabieren: Was?«

»Wie wäre es am besten? Wenn ich mich hier auf ihren Sarg lege? Ich werde den Kopf auf die Kante legen.« Kniend, die Wange auf den Stein gelegt, wartete Catherine Embers vor mir, und ich sah auf ihren langen Zopf hinab. Ich könnte sie jetzt skalpieren, dachte ich, könnte ihr die Haare vom Kopf ziehen und ihren roten Schopf für immer behalten.

»Ich will Ihnen nichts tun, Catherine.«

»Benutz das Messer wie eine Axt. Wie ein Fallbeil.«

»Das werde ich nicht tun.«

Sie erhob sich leise fluchend, ihr Umhang raschelte, und ihre Gesichtsfarbe wechselte von sommersprossig-weiß zu feuerrot.

»Aus welchem Loch bist du eigentlich gekrochen?«

»Sie wissen doch, wer ich bin.«

»Einen Scheiß weiß ich. Du bist Kurt Morgan. Na und? Du bist herumgeschlichen, hast mir nachspioniert … Was weiß ich noch?«

»Ich –«

»Du hast mich beobachtet, hast jeden meiner Schritte notiert, hast hinter mir aufgeräumt. Wozu, wenn nicht, um mich zu töten?«

Ich gab ihr keine Antwort.

»Bist du verliebt? Bist du bescheuert genug, um das zu glauben?«

»Catherine –«

»Oder willst du mich nur ficken?«

»Wenn Sie mir bitte mal zuhören würden …«

»Das wird nicht passieren«, sagte sie. »Nicht hier, nirgendwo.«

Sie ging wieder auf die Knie, drückte die Stirn fest auf June Hazzards Sarg und gab ein Geräusch von sich wie ein erstickender Mensch. Ihre Schultern bebten, ihre Fingernägel kratzten über den Marmor. Während ich über ihr aufragte, das Messer in der Hand, verwandelten sich die erstickten Laute in Schluchzer, und die Schluchzer wurden lauter und immer lauter …

Gequälte, schmerzerfüllte Schluchzer, die im Inneren des Grabmals nachhallten.

ZWEITER TEIL

achtzehn

Wie um uns allen das Leben zur Hölle zu machen, erreichte uns eine polare Luftmasse, mit der die schonungslose Kälte zurückkehrte. Die Temperatur sank auf fast zwanzig Grad unter null und blieb so niedrig, nachts, morgens und tagsüber. Es schneite nicht, aber der Wind schnitt wie Rasierklingen und hielt mich davon ab hinauszugehen. Selbst meine Spaziergänge legte ich buchstäblich auf Eis. Meine Mutter, die mit den Wintern hier oben lange vertraut war, besaß zwei riesige Kühltruhen und wusste diese für solche unangenehmen Wetterlagen stets gut gefüllt zu halten. Durch ausreichend Fleisch-, Fisch- und Wasservorräte, Kaffee für einen Monat, Zigarettenstangen im Eisfach und eine mit Konserven bevorratete Speisekammer bestand für uns keine Notwendigkeit, irgendwohin zu gehen. Meine Mutter und ich hatten einen Bunker. Ihr sollte es recht sein: Ich war ans Haus gebunden und hatte keine Ausrede, mit dem Buch nicht voranzukommen. Ich schrieb sieben Stunden am Tag – was meine Mutter sah und gut fand. Sie brachte weder die Nacht zur Sprache, in der ich unentschuldigt verschwunden war, noch die Ermittlung der Cops. Auch übertrieb sie es nicht mit ihren Überarbeitungen. Ich fand meinen Rhythmus, und so kamen einige Seiten zusammen. Inzwischen waren wir bei ihrer Zeit auf dem College angelangt, die vergnügliche Zeit an der Columbia. Die ausgehenden Sechzigerjahre. Meine Mutter wünschte sich sicher, dass der Kälteeinbruch andauern würde, bis ich das Buch beendet hatte. Derweil machte mir das Schreiben nichts aus, weil es mein Gehirn beschäftigt hielt. Mit beschäftigt meine ich, dass ich nicht an Catherine dachte. Ich hatte keinen Schimmer, wie ich mit ihr weitermachen sollte.

Zunächst einmal war da ihre Undankbarkeit. Nicht ein Wort des Dankes war über ihre Lippen gekommen, keinerlei Anerkennung der Tatsache, dass ich ihre Schweinerei in Ordnung gebracht hatte. Nach ihrem theatralischen Getue in der Gruft hatte sie mir praktisch befohlen, sie nach Hause zu fahren, dann aber während der Fahrt keinen Pieps gesagt. Sie hatte das Gesicht zum Beifahrerfenster gedreht und sprach nicht mehr, bis ich ihre Einfahrt hochfuhr.

»Klingle nicht mehr an meiner Haustür«, sagte sie. »Ruf nicht an.«

»Und das war's dann?«

»Was könnte noch sein?«

»Eine Erklärung.«

»Ich kenne dich nicht, und ich will dich auch nicht kennenlernen.«

Sie zog an der Türverriegelung, öffnete die Beifahrertür und schwang ihre Beine nach draußen.

»Wenn du mich weiter stalkst, wird's dir leidtun.«

»Ist das eine Drohung?«

»Lass es.«

War sie verärgert, *weil* ich Soames' Leiche entfernt hatte? Falls sie die Cops angerufen hatte, um sich zu stellen, hatte ihr meine Einmischung einen Strich durch die Rechnung gemacht. Man konnte schlecht Anklage gegen sie erheben, wenn die Person, die sie getötet zu haben behauptete, spurlos verschwunden war. Keine Leiche, kein Verbrechen. Aber um was, bitteschön, war es bei ihrem Zusammenbruch in der Gruft gegangen? Und wieso hatte sie gedacht, ich wollte sie töten?

Ich hab noch nie eine normale Frau gut gefunden, dachte ich. *Geht gar nicht anders, hm?*

neunzehn

Die Einladung kam aus heiterem Himmel. Catherine rief an und bat um ein Treffen. Es war zweiundzwanzig Uhr fünfundzwanzig, und ich hörte Hintergrundgeräusche auf ihrer Seite der Leitung, Gespräche und Musik. Ich wusste nicht recht, was ich sagen sollte.

»Willst du mich nicht sehen?«, fragte Catherine.

»Doch, aber –«

»Dann komm her. Die *Fieldhouse Tavern.* Ich bin bei meinem zweiten, noch kannst du aufholen.«

Kein Wort, warum sie jetzt auf einmal meine Gesellschaft wollte. Aber warum auch immer, ich hatte das Gefühl, hinfahren zu müssen, diese Gelegenheit unmöglich verstreichen lassen zu können.

Meine Mutter hatte sicher gehört, dass ich das Haus verließ (und falls ja – Pech gehabt), und mein Wagen sprang trotz der Kälte sofort an. Ich sah Catherine auf einem Barhocker sitzen, als ich hineinging, doch bevor ich mich auf den Hocker neben sie setzen konnte, gestikulierte sie in Richtung des hinteren Bereichs, auf die Sitznischen und Tische dort.

»Ist etwas privater«, sagte sie. »Besser zum Reden.«

Die Jukebox spielte Elvis Costello, im Fernseher lief ein Spiel der Knicks. Ich bestellte bei Tony Myers's mit Coke und legte einen Fünfdollarschein auf die Theke, und Catherine orderte einen weiteren Screwdriver. Als wir nach hinten gingen, wurden Köpfe gedreht, und Blicke folgten uns; ich spürte förmlich den Neid. Jeder einzelne Typ in dem Lokal wollte Catherine ficken und hatte es sich schon mehr als einmal ausgemalt, aber sie alle wussten auch, dass sie nicht die geringste Chance hatten. Die meisten hatten ja schon den bescheidenen Ehrgeiz aufgegeben, eine Unterhaltung mit ihr zu beginnen. Sie will nichts mit uns Losern zu tun haben, dachten sie, aber wenn das so war, wieso redete sie dann an diesem Abend mit ihm, einem Loser wie uns? Warum drängte sie sich mit diesem Kerl in eine Sitznische? Ich fragte mich das selbst, zog alles Mögliche in Erwägung, war aber amüsiert, dass sie den Stammgästen etwas geliefert hatte, worüber sie sich das Maul zerreißen konnten.

»Ich bin überrascht, dass Sie mich sehen wollen«, sagte ich.

»Ich möchte was sagen. Etwas, worüber ich nicht besonders froh bin.«

»Was?«

»Du hast mir alles total versaut.«

»Falls Sie die Cops meinen …«

»Ich kann nicht mehr in Junes Grabmal, wenn ich weiß, dass du mich beobachtest.«

»Ich habe Sie nicht beobachtet. Ich –«

»Du hast nichts anderes gemacht, du Perverser. Nichts als beobachtet.«

»Das war früher. Die letzte Woche nicht mehr.«

»Du sitzt da an deinem Teleskop.«

»Ich hab's weggeräumt.«

»Warum glaube ich dir nicht?«

»Hab ich. Ich schwör's.«

Sie trug Jeans und dazu einen grün-weißen Pullover mit hohem Kragen. Ihren schwarzen Umhang sah ich nicht, dafür aber eine schwarze Daunenjacke, die sie neben sich in die Sitznische geworfen hatte. Ihr Haar fiel offen über ihre Schultern, und ihr Gesicht hatte sich vom Alkohol bereits gerötet. Die Röte verlieh ihr eine verführerische Ausstrahlung, und die Fältchen um ihre Augen waren verschwunden.

»Ich bin noch zu nüchtern dafür«, sagte sie. »Um mit dir zu reden.«

»Sie haben mich angerufen.«

»Das weiß ich. Aber vorher muss ich noch was trinken.«

Wir tranken aus und bestellten eine weitere Runde, und darauf folgten Tequilas mit Limette. Sie starrte mich über den Tisch hinweg an oder lehnte sich lässig in der Sitznische zurück oder hatte die Augen geschlossen und lauschte der Musik aus der Jukebox. Sie ging rüber und wählte selbst ein paar Songs von Joan Jett, Lucinda Williams, 4 Non Blondes. Und eine Nummer von Sade. Interessante Bandbreite, dachte ich, als sie mir sagte, was sie ausgesucht hatte. Und sie fragte, ob ich ABBA möge.

»ABBA? Mensch! Die hab ich gehasst, als ich jünger war.«

»Ich auch.« Ein kurzes Lächeln.

»So schnulzig, widerlich.«

»Aber jetzt«, sagte sie.

»Ich muss zugeben … ja. Mit zunehmendem Alter klingen sie ganz okay.«

»Sie schreiben gute Songs. Songs, die einem unter die Haut gehen.«

»Ich hätte Sie nie für einen ABBA-Mensch gehalten«, sagte ich.

»Ich bin kein ABBA-Mensch. Mir gefallen ihre Songs.«

»Dagegen ist nichts einzuwenden.«

»Lass mich raten. Du hast mich für ein Gothic-Girl gehalten.«

»Hab nie drüber nachgedacht. Was Sie für einen Geschmack haben. Aber jemand, den ich immer nur in Schwarz sehe, der häufig den Friedhof besucht … Sie machen schon einen ziemlich finsteren Eindruck.«

»Du kennst mich nicht, Kurt.«

»Ist mir schon klar.«

Ich musste nicht hinzufügen, dass sie mich gebeten hatte, sie umzubringen. Unabhängig von den gängigen Klischees: Sie *war* ziemlich finster. Aber an diesem Abend schien sie keine selbstmörderischen Pläne zu verfolgen.

»Ich sehe, dass du mir Fragen stellen willst.«

»Ist das so seltsam?«, sagte ich. »Sie haben geredet, als wäre June Hazzard noch am Leben.«

»Ich krieg langsam einen Schwips.«

»Noch einen Schnaps?«

»Nein. Aber einen Screwdriver nehm ich noch.«

Ich ging zur Theke, bestellte ihr noch einen und einen Myers's mit Coke für mich.

»Also, ja«, sagte ich und rutschte wieder in die Nische. »Ich hab einen Arsch voll Fragen.«

»Und ich hab auch ein paar für dich.«

»Worüber? Schießen Sie los.«

»Wie lange bespitzelst du mich schon?«

»Das habe ich Ihnen schon in meinem Brief geschrieben. Ungefähr sechs Monate.«

»Sechs Monate. Sechs Monate …«

Ihre Stimme verklang allmählich, sie legte den Kopf auf den Tisch, das Kinn auf ihre gefalteten Hände, und sie schloss die Augen, als wollte sie schlafen. In dieser Haltung sah sie völlig sorglos aus, und ich kämpfte gegen den unbändigen Drang an, sie zu küssen.

»Es ist, wie ich geschrieben habe. Ich habe Sie bei einem meiner Spaziergänge gesehen und –«

»Dann hat's dich gepackt«, beendete sie meinen Satz mit noch immer geschlossenen Augen. »Du warst mit einem Mal wie besessen.«

»Nicht sofort. Und ich weiß nicht, so wie Sie das darstellen, klinge ich wie ein gefährlicher Irrer.«

»Bist du das nicht?« Sie öffnete die Augen, hob den Kopf.

»Nein, ich sehe mich nicht so.«

Catherine sprang auf, griff nach ihrem Glas und stürzte den Screwdriver runter. Ich sah die leichten Bewegungen ihres Halses, als sie trank. Dann knallte sie das Glas auf den Tisch und schaute mich an, machte mit der Hand eine kreisende Bewegung.

»Trink aus. Ich will woandershin.«

»Wohin?«, fragte ich. »Wie spät ist es?«

»Zwei. Drei. Zu dir.«

»Zu mir?«

»Ich will das Zimmer sehen, aus dem du mich beobachtest.«

»Da können wir nicht hin«, sagte ich.

»Lass mich das Teleskop sehen.«

»Wir können nicht.«

»Warum nicht?«

»Das wollen Sie nicht, vertrauen Sie mir.«

»Ist es wegen Mama? Erlaubt sie keine Besucher?«

»Scheiße, nein.«

»Dann lass uns gehen«, sagte sie. »Aber vorher möchte ich dich was fragen. Wie oft holst du dir einen runter, Kurt?«

»Was?«

»Wie oft?«

»Das können Sie mich nicht fragen.«

»Aber *du* kannst mir nachspionieren. Mir folgen. Das ist okay.«

»Darauf antworte ich nicht«, sagte ich.

»Hast du eine Freundin?«

»Was denken Sie?«

»Hast du überhaupt Sex? Mit irgendwem?«

»Ich denke, ich sollte jetzt besser gehen.«

»Du bist ein Onanist«, sagte Catherine. »Ich hab so ein Gefühl. Das Wort gefällt mir. Ona-nist.«

»Ich weiß nicht mal, was das bedeutet.«

»Doch, das weißt du«, sagte sie. »Lass uns zu dir gehen.«

Wegen Sex?, überlegte ich. *Um zu ficken? Konnte sie so betrunken sein?* Noch vor einer Woche hatte sie so gesprochen, als wäre das etwas, das zwischen uns völlig ausgeschlossen war.

»Warum gehen wir nicht zu dir?«, schlug ich vor.

»Ich will dein Zimmer sehen. Deines. Du willst mir doch wohl nicht erzählen, du hättest dir noch nie einen runtergeholt, wenn du daran dachtest, mich allein bei dir zu haben?«

»Wenn Sie wieder so einen Anfall kriegen wie neulich …«

»Ich hatte keinen Anfall.«

»Wie auch immer Sie das nennen, wenn Sie mich bitten, Sie umzubringen.«

»Das war eine Fehleinschätzung«, sagte Catherine und senkte den Blick. »Das wird nicht wieder vorkommen.«

Sie schnappte sich ihre Jacke, verließ die Sitznische und schwankte auf dem Weg zum Ausgang.

»Sie sollten nicht mehr fahren«, rief ich ihr nach.

»Du auch nicht«, antwortete sie. »Lass uns gehen.«

zwanzig

Ich schloss die Haustür auf und tastete nach dem Lichtschalter. Die gelblich-rosa Glühbirne unter der Decke ging an. Catherine kam herein und sah die Gemälde im Wohnzimmer, die amorphen Traumlandschaften, die der Vater meiner Mutter in Marokko gemalt hatte. Auf einem Kaminsims standen blaugoldene Teegläser von dort, und ich schaute zu, wie Catherine sie und die Wasserpfeifen daneben betastete.

»Wo sind wir gewesen? Casablanca?«

»Ich seh dir in die Augen, Kleines.«

»Offensichtlich. Ist ja dein Hobby.«

Ich konnte mein Kichern nicht unterdrücken. »Wir reden zu laut. Lassen Sie uns nach oben gehen.«

Wir nahmen die Treppe im Dunkeln, und ich sagte zu Catherine, sie solle eine Hand auf dem Geländer halten.

»Ich seh nichts.«

»Pst. Greifen Sie mir hinten in die Jacke und halten Sie sich fest.«

Das machte sie dann auch, und so gingen wir in das erste Obergeschoss, über den Treppenabsatz an der Tür meiner Mutter vorbei und dann weiter hoch zu meinem Zimmer. Ich drückte hinter uns die Tür zu.

»So. Jetzt können Sie reden.«

»Hört sie uns nicht durch den Boden?«

»Wir sind hier nicht direkt über ihr. Ich meine, solange Sie nicht brüllen oder so. Und wenn sie erst mal eingeschlafen ist, schläft sie wie ein Murmeltier.«

»Wie kannst du so leben? *Wie* alt bist du noch mal?«

»Fünfunddreißig.«

»Dann spionierst du also einer Frau hinterher und wohnst bei deiner Mutter. Der Stoff, aus dem Serienkiller gemacht werden, oder?«

»Wenn ich Ihnen etwas hätte antun wollen … Mein Gott. Dann hätte ich das doch gemacht, als Sie darum gebettelt haben.«

Catherine sah weg. Ich hatte mich an meinen Schreibtisch gesetzt und meine Lampe angeschaltet. Ich bat sie, ebenfalls Platz zu nehmen. »Fühlen Sie sich wie zu Hause«, sagte ich und deutete auf meinen blauen Ruhesessel, aber Catherine kehrte mir den Rücken zu und machte einen Schritt in Richtung des Bücherschranks, der sich über eine ganze Wand erstreckte, während meine DVDs die Regale an einer anderen füllten.

»Genau, ich mag Horrorfilme. Ich schätze, das lässt mich noch creepyer erscheinen.«

Catherine trat ans Fenster und registrierte den Blick auf die Straße und den Friedhof.

»Hab's ja gesagt. Kein Teleskop.«

»Ein Mann, der zu seinem Wort steht.«

»Möchten Sie's trotzdem sehen? Ist im Schrank.«

»Ein fünfunddreißgjähriger Mann lebt bei seiner Mutter, lungert stundenlang am Fenster herum und beobachtet eine Frau, nur weil sie langes rotes Haar hat …«

»Es ist mehr als nur Ihr rotes Haar«, sagte ich.

»Ich muss das nicht hören«, sagte Catherine, drehte sich am Fenster um und zog den Reißverschluss ihrer Jacke auf. Sie warf sie aufs Bett, setzte sich aber nicht, sondern erklärte, sie würde im Stehen schneller nüchtern werden.

»Wenn's hilft. Aber ich habe Wein im Schrank, falls Sie etwas möchten.«

Da war sie nun in ihrem grün-weißen Pullover und den figurbetonten Jeans. In meinem Zimmer – Catherine Embers. Ich fühlte mich, als wäre soeben ein Traum Wirklichkeit geworden. Catherine Embers war in meinem Zimmer, und ich fragte mich, ob ich sie je wieder gehen lassen musste. Wäre meine Mutter nicht im Haus, könnte ich Catherine bei mir behalten. Ich würde ihr nicht wehtun, sie nur bewegungsunfähig machen, irgendwie. Sie ans Haus binden, an das Zimmer, das Bett ... Doch unabhängig von der Unannehmlichkeit der Anwesenheit meiner Mutter hatte man uns ja auch gemeinsam die Kneipe verlassen sehen.

»Ich verstehe etwas nicht«, sagte Catherine.

»Was denn?«

Sie legte die linke Hand unter den rechten Ellbogen und dann die rechte Hand unters Kinn. »Was machst du so den lieben langen Tag?«, sagte sie. »Wenn du mir nicht gerade nachspionierst. Hast du einen Job? Was macht deine Mutter so?«

»Die ist im Ruhestand.«

»Und dein Vater?«

»Der ist vor fünf Jahren gestorben.«

»Lass mich raten. Du bist arbeitslos.«

»Ich helfe meiner Mutter bei was.«

»Was Illegales?«

»Nein! Wie kommen Sie darauf?«

»Dein zurückhaltender Ton.«

»Setzen Sie sich auch mal irgendwann?«

»Mach ich schon noch«, sagte Catherine. »Aber erzähl weiter. Was machst du für sie?«

»Ich helfe ihr beim Schreiben eines Buchs, ausgerechnet. Memoiren.«

»Was?«

»Memoiren. Wie Lebenserinnerungen. Autobiografie.«

»Ich weiß, was Memoiren sind«, sagte Catherine. »Wessen? Ihre?«

»Es geht um ihre Kindheit und Jugend in Marokko und wie sie dann als Teenager in die Staaten gekommen ist – ich möchte nicht weiter darüber sprechen. Es genügt wohl zu sagen, dass es schwierig ist, mit ihr zu arbeiten, und dass ich sie bisher noch nicht erwürgt habe … Aber wer weiß? Jedenfalls, darum geht's im Grunde. Ich bin Schriftsteller, ich Idiot, und falls ich jemanden umbringe, dann bestimmt nicht Sie. Das wird dann meine Mutter sein.«

Catherine setzte sich auf die Kante meines Betts und beugte sich vor.

»Ich brauch jetzt eine Zigarette.« Sie kramte in ihrer Jacke und nahm ein Päckchen Newports heraus.

»Danke, dass Sie fragen.«

»Darf ich?«

»Ich erlaube es meiner Mutter nicht, hier drinnen zu rauchen. Aber wenn Sie müssen, dann müssen Sie wohl. Ich werde eine Ausnahme machen.«

Sie nahm ein Streichholz und steckte sich eine Zigarette an. Ich sagte, sie solle das Weinglas auf meinem Nachttisch als Aschenbecher benutzen. Dann lehnte sie sich auf einem Ellbogen zurück, die Beine über das Ende des Bettes ausgestreckt, ein Knie über dem anderen angewinkelt, und sah mich an, während sie rauchte.

»Schreibst du auf dem Laptop da?«

»Ja.«

»Wie weit bist du mit dem Buch?«

»Weit. Ungefähr drei Viertel. Aber bei unserem momentanen Tempo –«

»Könnte es ewig dauern.«

»Sieht so aus.«

»Warum lässt du es nicht einfach sein? Verlässt das Haus?«

»Sollte ich, ja«, antwortete ich. »Ich stand schon kurz davor.«

»Bezahlt sie dich?«

»Nein. Aber ich zahle auch keine Miete oder so.«

»Du machst Witze.«

»In der Stadt hab ich meinen Job verloren, und –«

»Wenn's so eine Tortur ist, hör auf.«

»Kann ich nicht.«

»Weil sie dich rausschmeißen würde? Du bist ein erwachsener Mann.«

»Zum einen kann ich sonst nirgends hin, zum anderen, und das ist wichtiger: Würde ich aufhören, hätte ich das Gefühl, dass sie mich besiegt hat. Dass sie meinen Willen gebrochen hat.«

»Ist das jetzt so ein Macho-Ding?«

»Sturheit«, sagte ich. »Ich habe versprochen, es zu beenden, und es ist zu einer Ehrensache geworden.«

»Lass mich doch mal lesen, was du schon hast.«

»Bitte?«

»Lass es mich überfliegen. Vielleicht kann ich dir ja helfen.«

In ihrer Stimme und in ihrem Gesicht war nichts Unaufrichtiges, nichts, das mir gekünstelt vorkam.

»Meine Mutter wird *mich* umbringen, wenn ich das mache.«

»Könnte aber genau das sein, was du brauchst«, sagte Catherine. »Die Meinung eines Außenstehenden.«

»Lesen Sie viel?«

»Unmengen, Kurt. Ich bin eine kluge Leserin.«

»Ich habe Sie noch nie mit einem Buch gesehen.«

»Ich lese zu Hause. Schätze, du hast mit deinem Teleskop nicht genau genug durch mein Fenster geschaut, was?«

Wie man weiß, beeinträchtigt Alkohol das Denken, und ich mache jede Wette, dass die Drinks, die ich mit Catherine an diesem Abend konsumiert hatte, ihren Teil zu meiner Entscheidung beitrugen.

»Du hast mir mit Ralphs Leiche geholfen. Das hier ist meine Chance, mich zu revanchieren.«

Ich sah nicht so ganz die Gleichwertigkeit zwischen der Beseitigung der Leiche eines Mannes, um ihn zu vergraben, und dem kritischen Lesen eines Manuskripts, freute mich aber, dass sie meine Hilfe als solche anerkannt hatte. Wurde auch langsam Zeit, verdammt! Es erschien mir wie ein Angebot, das ich guten Gewissens annehmen konnte, auch wenn ich das Kribbeln auf meiner Wirbelsäule als Warnung hätte verstehen sollen.

»Wenn sie erfährt, dass ich es Sie lesen lasse …«

»Wer soll's ihr denn sagen? Ich bestimmt nicht.«

»Schwören Sie's?«

»Ich schwöre. Willst du Blut?«

»Schon okay.«

»Ich bin noch nie einem Mann begegnet, der so viel Angst vor seiner Mutter hat.«

»Das ist keine Angst«, sagte ich. »Es ist vielmehr, dass es ziemlich unangenehm werden kann, sich ihr Gemecker und Gemurre anzuhören.«

Catherine stand vom Bett auf und drückte ihre Zigarette in meinem Weinglas aus. Sie nahm ihre Jacke und verdrehte die Arme, um in die Ärmel zu kommen.

»Ich werde morgen damit anfangen. Hast du eine Kopie für mich?«

»Nicht ausgedruckt.«

»Einen Stick?«

Ich kopierte alles auf einen leeren Stick, den ich ihr dann in die Hand drückte. Als ich das tat, hatte ich das Gefühl, ihr eine Bombe zu geben, die mein ganzes Leben in die Luft jagen könnte.

Gib's zurück. Kann ich es zurückbekommen?

Das wollte ich sagen, tat es aber nicht. Ich hätte es sagen sollen. Und ehe ich ein weiteres Wort herausbekam, war sie auf Zehenspitzen aus meinem Zimmer und die beiden Treppenabsätze runter.

Wenigstens war meine Mutter nicht aufgewacht.

Durch mein Fenster verfolgte ich, wie Catherine wegfuhr.

einundzwanzig

Ich hatte seit Monaten nicht mehr von Charlotte geträumt. Aber in dieser Nacht war es wieder so weit. Ich erdrosselte sie mit meiner Hand und sah in ihre glasigen Augen. Ich lag auf einem Bett und konnte ihren schlaffen Körper unter mir spüren. Dann zuckte sie, als hätte sie einen Krampf, und ihr strähniges, kastanienbraunes Haar fiel ihr ins Gesicht. Wenn ich doch nur die andere Hand heben und die Haare beiseitestreichen könnte, um wieder ihr Gesicht zu sehen – aber meine Hand blieb unten, irgendwo zwischen unseren Taillen. Ich konnte sie nicht bewegen.

Sie stöhnte oder würgte, was entweder vom Sex rührte oder zu einem Todesröcheln verblasste …

Es war nicht gerade ein Schock, dass ich am nächsten Morgen mit einem Kater aufwachte. Mit den Kopfschmerzen und dem knochentrockenen Hals kam der Gedanke, dass ich einen Fehler begangen hatte. Im Rückblick bestand daran kein Zweifel. Catherine eine Kopie des Manuskripts zu geben … Was hatte ich mir nur dabei gedacht? Alkohol hin oder her – warum hatte ich ihr Angebot angenommen, es zu lesen? Was hoffte ich damit zu erreichen? Ich hatte mit meiner Mutter nie eine Vertraulichkeitsvereinbarung getroffen, aber sie hatte mir mehr als einmal gesagt, gegenüber niemandem auch nur ein Sterbenswörtchen über das Buch zu verlieren, bis es fertig war. Sag nichts, lass es niemanden sehen. Lass keinen Agenten oder Lektor auch nur einen kurzen Blick darauf werfen. Durchaus möglich, dass sie mich rausschmeißen würde, sollte meine Tat ans Licht kommen, dass sie mich im tiefsten Winter auf die Straße setzen könnte. Und was dann? Keine Arbeit, kein Zuhause, kaum Geld. Auf der positiven Seite jedoch stand, so dämmerte mir langsam, dass ich von dem Buch erlöst sein würde. Die qualvollen Machtspielchen zwischen meiner Mutter und mir wären aus und vorbei. Ging es darum? Mich selbst zu befreien? Ziemlich schräge Art auszubrechen. Und wie ich zu Catherine gesagt hatte, ich wollte das Buch beenden. Daran bestand überhaupt kein Zweifel: Ich hatte viel zu viel Zeit und Energie investiert, um es jetzt nicht durchzuziehen. Nach all den Mühen musste etwas rausspringen, das Werk fertiggestellt werden. Wenn meine Mutter mich feuerte, würde sie dann einen neuen Ghostwriter engagieren? Ziemlich bescheuerte Sorge, ich weiß, aber ich wollte nicht, dass irgendwer all die Seiten versaute, die ich erschaffen hatte.

Pfoten weg von meinen Zeilen, Arschloch. Für diese Scheiße hab ich Blut geschwitzt.

Ich überlegte, bei Catherine einzubrechen, um mir den Stick zurückzuholen. Wenn sie ihn jedoch nicht einfach irgendwo herumliegen ließ, auf einer Ablage oder einem Tisch, würde ich ihn niemals finden, und selbst wenn, gab es keine Garantie, dass sie nicht längst Kopien erstellt und die Dokumente auf ihrem Computer gespeichert hatte. Ich überlegte, sie einfach anzurufen und zu bitten, mir den Stick sofort zurückzubringen, ohne vorher Dateien zu kopieren oder Seiten auszudrucken, befürchtete aber, dass sie das eher noch ermutigen könnte. Wenn ich mir anmerken ließ, wie sehr ich den Stick zurückhaben wollte, würde sie doch nur erkennen, dass sie ein Druckmittel gegen mich in der Hand hatte, und ich wusste nicht, wohin das führen könnte. Welche Absichten verfolgte sie überhaupt? Wollte sie meinen Fehler dazu nutzen, um etwas von mir zu bekommen? Mir wurde klar, dass ich das Manuskript einem völlig fremden Menschen ausgehändigt hatte. Was wusste ich eigentlich von ihr? Ich hatte noch immer keine Ahnung, wovon sie lebte, ob sie arbeitete, ob sie eine kriminelle Vergangenheit hatte – nichts davon. Und doch hatte ich ihr einfach etwas übergeben, mit dem sie mich leiden lassen könnte, wenn sie drohte, meiner Mutter davon zu erzählen, und im Gegenzug hatte ich absolut nichts dafür bekommen. Super gemacht.

Ich bin fünfunddreißig Jahre alt, dachte ich, und so sieht mein Leben aus.

Ein bescheuertes, trauriges Arschloch.

Als ich mich mit hämmerndem Schädel vom Bett erhob und ins Bad schleppte, um ein paar Aspirin einzuschmeißen, beschloss ich, erst mal abzuwarten und zu sehen, was sie als Nächstes unternehmen würde. Womöglich gar nichts. Vielleicht wollte sie wirklich das Manuskript lesen, um mir ein paar konstruktive Ratschläge zu geben. Vielleicht sollte ich sie einfach beim Wort nehmen. Sie würde es lesen, es mir mit Anmerkungen zurückgeben, und meine Mutter würde nie etwas davon erfahren.

Nichts passiert, ein Fehler ohne Konsequenzen. Kommt vor.

Von wegen!

zweiundzwanzig

Oder doch. Ich wollte ja nicht paranoid sein oder übertrieben pessimistisch. Meine Mutter wusste nicht, dass eine Frau ins Haus gekommen war, und auch als ich einen Abend später nach dem Essen das Haus verließ, wusste sie nicht, dass ich nicht etwa auf dem Weg in eine Kneipe war, um dort allein zu trinken oder zu versuchen, Frauen abzuschleppen. Catherine hatte angerufen und gebeten, mich mit ihr erneut in der *Fieldhouse Tavern* zu treffen. Hatte ich eine Wahl? Ich sagte zu. Den morgendlichen Kater war ich inzwischen wieder los und bereit, mit ihr etwas zu trinken. Aber diesmal würde ich mich nicht besaufen. Nicht heute Abend. Ich brauchte einen klaren Kopf, und dafür war Selbstbeherrschung entscheidend. Sie hatte nicht durchblicken lassen, worum es ging.

Wir bekamen unsere Drinks und gingen zu unserer Nische. Catherine hatte sich das Haar zu einem Pferdeschwanz gebunden und einen dezenten roten Lippenstift aufgelegt. Weder gab sie mir den Stick zurück, noch erwähnte sie, wann sie das vorhätte. Aber sie sagte, sie habe den ganzen Tag das Buch gelesen, löcherte mich mit Fragen und wollte wissen, wie ich dazu gekommen war, es zu schreiben. Ihr Interesse schien echt zu sein, und während wir uns unterhielten, kam mir ein eigenartiger Gedanke: Sie las es, um mehr über mich zu erfahren. Indem sie las, was ich schrieb, indem sie meine Schilderung der Geschichte meiner Mutter las, meinte sie ein besseres Verständnis ihres Beobachters erhalten zu können. Irgendetwas im Äther hatte sich gewendet und bewirkt, dass die Beobachtete zur Beobachterin wurde und ich, der Beobachter, zum Beobachteten. Ich spürte, dass mir ihre Aufmerksamkeit gefiel, und im Scheinwerferlicht ihres Interesses erzählte ich ihr von den Jahren des Schreibens, von den angenommenen und abgelehnten Artikeln, den begonnenen und verworfenen Romanen. Von dem *New Yorker*-Artikel musste ich ihr nichts erzählen; den hatte sie gefunden, als sie meinen Namen gegoogelt hatte.

»Was für eine Geschichte über deinen Vater.«

»Ja, stimmt«, sagte ich.

»Ist die Frau, die es getan hat, immer noch im Gefängnis?«

»Oh ja. Sie wird so bald nicht rauskommen.«

Catherine nannte die Memoiren lesenswert, attestierte einen klaren Stil und meinte, dass die Jugend meiner Mutter, die auf drei Kontinenten verbrachten Jahre in Paris, Marokko und New York es wert seien, in einem Buch festgehalten zu werden. Was sie jedoch verwirrte, sagte sie, seien die Sexszenen, die Seiten voller erotischer Details. Diese Passagen hätten etwas Geschmackloses, Unappetitliches – ein erwachsener Mann, der bei seiner Mutter wohnte und die Geschichte ihrer Liebesabenteuer als Teenager erzählte …

»Ihre Jahre auf dem College muss ich ja noch schreiben«, sagte ich. »Es kommt also noch mehr.«

»Mehr. Und das stört dich nicht groß?«

»Das sind für mich die schwersten Passagen. Ich muss mich in den Kopf eines Mädchens versetzen, das Orgasmen entdeckt.«

»Aber es ist nicht irgendein Mädchen. Es ist deine Mutter.«

»Das macht es noch härter. Das stimmt.«

»Härter?«, wiederholte Catherine. »Nur härter? Das ist irgendwie krank, Kurt.«

»Lesen Sie das Buch, um mich zu analysieren?«

»Du hast mich gestalkt, Kurt. Kannst du es mir da vorwerfen, wenn ich wissen möchte, was in deinem Kopf vorgeht?«

Ehrlichkeit war fair, Ehrlichkeit war gut, und da sie danach strebte, beschloss ich, es ebenfalls zu tun. Wie kam sie dazu, sagte ich, über mich herzuziehen, wo sie doch selbst mehr als genug Macken hatte? Scheiße, und ob sie Probleme hatte: Wie würde sie ihre Besuche in June Hazzards Grabmal sonst beschreiben? Bis sie vor Kurzem damit aufgehört hatte, war sie drei- oder viermal wöchentlich dort gewesen – in schöner Regelmäßigkeit. Klang das nicht nach etwas ziemlich Ungesundem? Ihre Reaktion auf das Unerwartete, auf Ralph Soames' unbefugtes Eindringen, war völlig überzogen gewesen, und ich wusste auch nicht, was ich zu dem Messer sagen sollte, das sie im Grabmal gezogen hatte. Wann immer ich auf diesen Abend zu sprechen kam, sorgte sie für einen schnellen Themenwechsel. Verdammt noch mal, sie hatte sich aufgeführt, als wäre ich einzig und allein aus dem Grund in ihr Leben getreten, um es zu beenden. Sie hatte so geredet, als wäre June Hazzard noch am Leben und ich der Erfüllungsgehilfe ihres Todes.

»Ich hatte meine Gründe, das zu denken.«

»Da bin ich aber mal gespannt«, sagte ich. »Ist sie tot oder nicht? Und können Sie mir verraten, warum Sie den Cops gesagt haben, Ralph Soames wäre verschwunden?«

»Ich habe ihnen nicht gesagt, dass er verschwunden ist. Ich habe ihnen gesagt, dass er tot ist.«

»Mein Gott. Wann?«

»Am Morgen danach.«

»Warum?«

»Weil's so war«, antwortete Catherine.

Sie war zum Revier gefahren und hatte ihnen erzählt, sie habe einen Mann getötet, doch als die Cops dann mit ihren Ermittlungen begannen, fanden sie nur Blut, aber keine Leiche.

»Als ich das hörte«, sagte Catherine mit lauterer Stimme und kniff ein Auge zusammen, »als ich hörte, dass seine Leiche nicht da war, bin ich ausgerastet. Ich musste doch denken, dass er nicht tot war, oder? Aber er tauchte nie wieder auf, sein Auto war weg, und ich war völlig von der Rolle, bis du mit deinem Brief vor meiner Tür aufgekreuzt bist. Damit hatte ich die Erklärung, was mit Ralph passiert war.«

Diese Information klärte die Frage, die mich seit Tagen beschäftigt hatte – wieso die Polizei so ungewöhnlich schnell auf eine »Vermisstenanzeige« reagiert hatte.

»Sie haben denen erzählt, Sie hätten ihn vorsätzlich getötet?«, fragte ich.

»Ich hab's Unfall genannt«, antwortete Catherine, die ihre Stimme wieder im Griff hatte. »Was es ja auch war. Ich habe denen gesagt, ich hätte ihn zurückgestoßen, und er sei dann mit dem Kopf aufgeschlagen.«

»Aber haben Sie seitdem noch mal mit den Cops geredet?«

»Zweimal. Sie haben mich verhört. Nun wissen sie weder, was ihm zugestoßen ist, noch ob ich überhaupt die Wahrheit gesagt habe. Wegen der Blutspuren wissen sie, *dass* etwas passiert ist, allerdings nicht –«

»Das war, nachdem wir uns begegnet sind?«

»Klar. Sie haben keine Leiche, aber ich muss für die wohl so was wie eine Verdächtige sein. Vielleicht halten die mich auch für verrückt.«

»Aber wenn das nach unserem Kennenlernen war –«

»Dämmert's langsam?«, meinte Catherine und lächelte, als hätte sie einen Witz gemacht. »Ich habe dich aktiv geschützt. Habe dich mit keiner Silbe erwähnt.«

»Warum sollten Sie so was tun?«

»Du hast dir für mich ein Bein ausgerissen. Das zählt doch was.«

»Tut es das? Weiß nicht, ob ich das so glauben kann.«

»Hast du doch.«

»Bevor Sie gesagt haben, dass ich für Sie alles vermasselt habe. Dass Sie jetzt nicht mehr in das Grabmal gehen können.«

»Das auch. Aber ich sehe, was du für mich getan hast.«

»Und Sie sind froh, dass Soames tot ist? Ich dachte, Sie würden ihn mögen.«

»Ich hatte keine Abneigung gegen ihn«, erwiderte sie. »Er hat mir die Zeit vertrieben, hat mir gewisse Dinge geboten.«

Wie zum Beispiel? Ich erinnerte mich, was Soames zu mir gesagt hatte, wie er durchblicken ließ, dass sie noch nie Sex gehabt hätten, aber das klang jetzt gerade so, als würde sie den Kerl nicht mal auf freundschaftlicher Basis vermissen.

»Was meinen Sie denn, was die Cops denken?«, fragte ich.

»Was *können* sie denn denken? Dass ich ihn umgebracht und anschließend die Leiche selbst versteckt habe? Und es dann gemeldet habe? Warum? Oder dass ich die Wahrheit sage und er irgendeine Kopfverletzung erlitten hat, vielleicht gefolgt von einem Gedächtnisverlust, und jetzt ist er irgendwohin verschwunden? Nachdem sein Auto nicht mehr da ist, sieht es so aus, als könnte er verletzt weggefahren sein, als er wieder zu sich gekommen war.«

»Was für ein Schlamassel.«

»Nicht unbedingt. Wenn ich einfach abwarte und mich ruhig verhalte, bin ich sicher. Und du auch. Sind die Cops noch mal vorbeigekommen, um mit dir zu reden?«

»Bislang nicht. Aber sie haben mit meiner Mutter geredet. Hab ich das erwähnt?«

»Ich glaube nicht.«

»Haben sie. Bevor sie mit mir gesprochen haben.«

»Weiß sie was?«, fragte Catherine.

»Sie stellt sich irgendwas vor, weil ich so lange weg war. In dieser Nacht, am nächsten Tag.«

»Gar nicht gut.«

»Sie hat denen gegenüber aber nichts erwähnt. Ihr ist eigentlich alles egal, solange ich weiter an dem Buch arbeite.«

»Also noch ein Grund, weiterzuschreiben«, sagte Catherine.

»Ich will sie auf keinen Fall verärgern.«

»Sie würde dich an die Cops verpfeifen? Deine eigene Mutter?«

»Wenn ich sie mit dem Buch sitzen lasse, könnte sie das tun.«

»Schätze, dann solltest du besser weitermachen.«

»Jetzt sagen Sie auf einmal, dass ich nicht aufhören soll.«

»Du könntest sie umbringen.«

»Dieser Gedanke geht mir jeden Tag durch den Kopf«, sagte ich. »Hab ich Ihnen schon mal gesagt.«

»Hast du. Pass auf. Egal, wie du dich entscheidest, brich nicht zusammen und verrate nichts den Cops. Wenn du dich daran hältst, müssten wir eigentlich aus dem Schneider sein.«

Wir? Hatte Catherine gerade *wir* gesagt? Für sie steckten wir offenbar gemeinsam in dieser Sache drin, waren sozusagen Komplizen, und ich begann mich ein wenig zu entspannen. Als sie zur Polizei gegangen war, nachdem ich ihr erzählt hatte, ich hätte Soames' Leiche vergraben, hätte sie sich auf meine Kosten helfen können. *Sie* war in einen blöden Unfall verwickelt worden (das musste sie die Cops natürlich glauben machen); *meine* Handlungen jedoch waren vorsätzlich und wohlüberlegt gewesen, was vor dem Gesetz ein Nachteil für mich war. Aber sie hatte den Cops vorenthalten, dass sie inzwischen mehr wusste, und sich damit ebenfalls strafbar gemacht. Sie hatte sich aus freien Stücken mit mir verbündet. Mein Gedanke, dass sie das Buch gegen mich verwenden könnte, war vielleicht doch nichts als Panik gewesen.

»Auf die Geheimhaltung«, sagte ich und hob mein Glas.

»Geheimhaltung«, sagte Catherine. »Darauf trinke ich.«

Wir stießen an und tranken. Leerten, was wir in unseren Gläsern hatten. Dann stand sie auf und ging zur Theke, um uns eine zweite Runde zu bestellen.

»Catherine?«, sagte ich, als sie zurückkehrte.

»Ja.«

»Ich muss etwas klarstellen, wenn ich kann.«

»Schieß los.«

»Wie wir jetzt hier so reden und trinken … Sie haben keinerlei Interesse daran, ins Gefängnis zu gehen?«

»Nein.«

»Aber vorher schon, als Sie die Polizei gerufen haben.«

»Ich dachte, das wäre das, was sie wollte«, sagte Catherine. »Als Strafe für mich.«

»Wollte? Eine Tote?«

»Ich dachte, wir hätten gerade auf die Privatsphäre angestoßen.«

»Auf die Geheimhaltung«, sagte ich. »Vor den Cops.«

»Ah ja. Ich rede ja mit einem Stalker, also nicht gerade mit jemandem, der Privatsphäre besonders respektieren würde.«

»Ist June tot oder nicht?«

»Sie ist tot, Kurt. Sie liegt in der Gruft.«

Dann hatte ihre Krankheit also mit Aberglauben zu tun, mit einem Glauben an Geister oder so etwas, und ich würde mich durch das Dickicht dieses Unsinns schlagen müssen, wenn ich bei ihr was erreichen wollte.

»Ich glaube, so langsam kapiere ich's«, sagte ich. »Ich fange an zu verstehen.«

»Behandle mich nicht von oben herab, Kurt. Mamasöhnchen.«

»Bin ich nicht. Ich sage nur …« Aber ich wollte nachdenken, allein sein. Nach diesem Gespräch musste ich das. Ich fragte Catherine, ob wir für heute nicht Schluss machen wollten, und sie äußerte keinen Widerspruch und verließ die Sitznische, ohne sich zu verabschieden.

Du mich auch, dachte ich, aber ich wusste, dass ich noch nicht fertig mit ihr war. Ich wusste, ich würde ihr noch zeigen, dass ich wichtiger war als irgendeine Tote. Du könntest meiner Mutter die Sache mit dem Manuskript erzählen? Nur zu, macht keinen Unterschied. Ich werde mir irgendwas für dich, mich und June einfallen lassen. Das ist der Dreier, auf den es hier ankommt.

dreiundzwanzig

Ich bin kein gewalttätiger Mensch. Ich habe mich auf der Schule aus Raufereien herausgehalten, und ich kann mich nicht erinnern, als Erwachsener mit irgendwem in eine Schlägerei geraten zu sein. Was mit Charlotte passierte, begann als einvernehmliche Handlungen und lief dann aus dem Ruder. Und diese Handlungen waren nicht gewalttätig im eigentlichen Sinn, sondern beinhalteten die Verwendung von Utensilien. Nichts davon brachte sie um; das erledigten die Drogen. Aber ich besaß noch Handschellen aus unserer gemeinsamen Zeit. Mehrere. Für das, was ich plante, musste ich keine neuen kaufen. Der schwierige Teil würde darin bestehen, Catherine zu überwältigen, und meine Recherchen im Internet hatten ergeben, dass Chloroform wohl eher ein Requisit der Kriminalliteratur war als etwas, das in der wirklichen Welt funktionierte. Es ist viel zu mühsam, jemandem einen Lappen auf den Mund zu drücken; Menschen verlieren nicht innerhalb von Sekunden das Bewusstsein, wie es im Film suggeriert wird. Aber wie sollte ich es dann angehen? Ich besaß keine Schusswaffe und verspürte auch keinerlei Bedürfnis, ihr ein Messer an die Kehle zu halten – schon allein die Vorstellung einer solchen Brutalität stieß mich ab, und eine falsche Bewegung konnte schnell zu Blutvergießen führen. Am Ende entschied ich mich für die beste aller schlechten Alternativen, eine Elektroschockpistole, die ich auf einer Website bestellte. Als Knebel würde ich den Streifen eines Bettlakens verwenden.

An dieser Stelle versuchte ich, ein wenig Zartgefühl zu zeigen – soweit mir das in meinem Handlungsrahmen möglich war. Das Laken, das ich für meinen Knebel benutzte, war aus Seide, Spitzenqualität, und ich kaufte es speziell zu diesem Zweck. Ich hoffte Catherine vermitteln zu können, wie sehr ich wollte, dass sie sich gut behandelt fühlte, während sie den Knebel im Mund hatte.

Sie würde außer sich sein, wenn sie sich von dem Elektroschock erholte. Das war mir klar. Aber sie musste verstehen, dass ich es trotz dieser Mittel, trotz des kurzen Ausflugs, zu dem ich sie zwingen würde, nicht böse meinte.

Ich parkte in ihrer Einfahrt, hinter ihrem Wagen. Schaltete mein Licht aus. Tastete nach der Elektroschockpistole auf dem Beifahrersitz, nach dem Rucksack mit den Handschellen und dem Knebel. Die Frage lautete nun, ob sie ranging, wenn ich sie anrief. Falls nicht, würde ich es anders aufziehen müssen. Ich wollte kein Fenster aufbrechen, um in ihr Haus zu gelangen, nicht die Panik und Gewalt riskieren, die das zur Folge haben könnte.

Nach dreimaligem Klingeln ging sie ans Telefon.

»Was ist, Kurt?«

»Freut mich, dass Sie noch auf sind.«

»Ich schlafe nicht viel. Was willst du?«

»Wir müssen reden.«

»Deine Fragerei hört nie auf, was?«

»Es geht nicht um June Hazzard.«

»Worum dann?«

»Können wir reden? Ich bin vor Ihrer Tür.«

»Kann das nicht bis morgen warten?«

»Die Cops waren heute da, und es gefällt mir gar nicht, was meine Mutter denen erzählt hat.«

»Was hat sie gesagt?«

»Müssen wir so darüber reden? Kann ich nicht reinkommen?«

»Du kannst nicht reinkommen, Kurt.«

»Wie wär's dann mit der Kneipe? Ich friere.«

Ein tiefes Seufzen.

»Ich hab mich vorhin mit ihr gestritten. Sie ist sauer auf mich, weil sie von Ihnen erfahren hat, und –«

»Du musst deinen Scheiß in den Griff bekommen, Kurt. Sie ist *deine* Mutter!«

»Aber hier geht es um uns beide.«

»Oh mein Gott! Mami-Terror! Warte.«

Als sie die Tür öffnete, drückte ich den Elektroschocker an ihre linke Schulter. Hielt ihn an ihren Körper und zählte bis fünf. Hässlich und primitiv, aber wie erwartet ging sie zu Boden und lag dann zuckend in ihrer schwarzen Daunenjacke auf dem Teppich.

In meiner Einfahrt hob ich Catherine aus dem Auto. Ich hatte sie gegen die Kälte in eine Steppdecke gewickelt, allerdings war es nicht so kalt, wie ich gedacht hatte, als ich vor ihrer Tür gestanden war. Der polare Kälteeinbruch war vorbei, und die Luft roch nach Kiefernholz, als der frühe Frühlingsduft von den Bergen herübergeweht wurde. Kein Mond am wolkenlosen, blauschwarzen Himmel. Ich hatte noch nie eine so klare mondlose Nacht gesehen, und während ich mit Catherine über der Schulter an den Grabsteinen vorüberging, musste ich daran denken, wie sehr ich möglichen Blicken ausgesetzt war. Als ich einige Zeit zuvor das Haus verlassen hatte, hatte meine Mutter im Bett gelesen; inzwischen musste sie eigentlich tief und friedlich schlummern. Aber was, wenn diese unheimliche Frau irgendwie im Schlaf mitbekommen hatte, dass ich in unserer Einfahrt gehalten und den Motor ausgemacht hatte, dann aber nicht ins Haus gegangen war? Gut möglich, dass sie herauskam, um nachzusehen, ob alles in Ordnung wäre. Sie würde wahrscheinlich denken, ich wäre wieder betrunken nach Hause gekommen und im Garten aufs Gesicht geknallt. Würde sie sich einmischen, wenn sie sah, wie ich einen Körper über den Friedhof schleppte? Oder die Cops verständigen? Würde sie wohl müssen, dachte ich, entweder das eine oder das andere.

In der Gruft, genauer in der hinteren Kammer, setzte ich Catherine ab. Da sie an Handgelenken und Knöcheln gefesselt war, leistete sie keinen Widerstand, und ich platzierte sie so, dass sie mit dem Rücken an der Wand des Grabmals lehnte. Ich sorgte dafür, dass sie zu June Hazzards Sarg schaute, und unter ihren Blicken nahm ich mein Feuerzeug heraus. Ich entzündete die Kerzen auf dem weißen Sarkophag. Alle sechs waren ziemlich heruntergebrannt, würden aber noch eine Weile halten.

»Ich möchte Ihnen etwas zeigen«, sagte ich. »Augen hierher.«

Catherines Gesicht wirkte in diesem Moment fast so rot wie ihr Haar.

Ich hob eine Kerze nach der anderen vom Sarg. Sie alle befanden sich in hohen Kerzenständern aus Messing, und die Flammen bewegten sich und tanzten, als ich sie auf den Boden stellte. Ich kauerte mich hin, Knie zusammen, und führte meinen Daumen in ein Loch im Betonboden. Es war ein kleines Loch, gerade groß genug für einen Daumen, und es war mir bis zu meinem Besuch neulich nicht aufgefallen, als ich mir einer Eingebung folgend die Zeit genommen hatte, jeden Quadratzentimeter dieser Kammer zu untersuchen.

Mein Daumen berührte eine Metallfeder und drückte sie. Der Deckel des Sargs setzte sich in Bewegung, glitt an einem Ende zurück. Ich sah die Laufräder, Zahnräder und Rinnen im Deckel, eine Vorrichtung, die zu einer antiken Apparatur gepasst hätte, und dann wurde ein menschliches Gesicht erkennbar. Als der Deckel mit einem dumpfen Schlag nach drei Vierteln der Gesamtlänge des Sargs zum Stehen kam, drehte ich mich wieder zu Catherine um.

»Haben Sie sich das ausgedacht? Es ist so gothic, dass es fast schon wieder putzig ist.«

Die Einbalsamierung war wirklich wundervoll gemacht. Der lange blonde Schopf besaß den Glanz und Schimmer des Haars einer lebenden Frau. Aber die geöffneten Augen packten mich am meisten; June Hazzards Augen waren graublaue Laser, blendende Augen, die mich beobachteten.

So schien es zumindest. Ich umrundete den Sarg, bestätigte einen Eindruck. Tatsächlich folgte mir der Blick, obwohl sich die Augen nicht bewegten. Wie konnte das sein? Die Frau war tot. Irgendwie kam bei den Augen der Leiche der Mona-Lisa-Effekt zum Tragen, denn sie folgten mir durch die Kammer. Ich konnte den Effekt nicht erklären, spürte aber, dass er mir in die Hände spielte. Die anhaltende Aufmerksamkeit dieser Augen unterstützten mich in meinem Vorhaben.

Catherine strampelte unter der blauen Steppdecke mit den Beinen. Sie stieß schniefende Geräusche durch den Knebel aus. Unbeirrt kniete ich mich neben sie und legte meine rechte Hand um ihren Hals, während ich mit der Linken durch ihr Haar strich. Die roten Strähnen waren zu einem Pferdeschwanz gebunden.

»Nicht zappeln«, sagte ich. »Ich möchte Ihnen nicht wehtun.«

Vielleicht lag es an meinem Tonfall, vielleicht hatte sie sich mit ihrer Hilflosigkeit abgefunden, jedenfalls hörte sie auf zu strampeln. Sie wurde ruhig. Sie sah mir ununterbrochen in die Augen, und weil sie schnell atmete, wusste ich, dass sie Angst hatte. Ich überlegte kurz, ihr den Knebel abzunehmen, dachte aber, sie könnte dann schreien. Und wenn sie das so laut machte, dass meine Mutter es hörte? Ich bezweifelte, dass ein Schrei von hier bis zum Haus hallen würde, aber zu dieser nächtlichen Stunde und in dieser Stille konnte ich das nicht riskieren.

Ich erhob mich und sah June an. In ihrem engen, weißen, gerüschten Kleid hatte sie ein vollendetes Dekolleté. Sie hatte eine schmale Taille und Kurven, und ihre Haut besaß das glatte Aussehen einer Perle. Lebendig musste sie sehr verführerisch gewesen sein, dachte ich, eine vollkommen bezaubernde Frau, und der Anblick ihrer unverblichenen Schönheit im Zusammenspiel mit der auf dem Boden liegenden Catherine brachte mich auf Touren. Erregung überkam mich, eine jähe Erektion. Ich bückte mich wieder neben Catherine, ergriff ihren Arm, streifte mit den Lippen ihre Wange. Ich achtete darauf, meine Zunge im Mund zu behalten, trotzdem zuckte sie bei meinem Kuss zurück.

»Ist es wirklich so schlimm? Es ist unumgänglich.«

Ich hob sie auf die Füße, die Steppdecke glitt zu Boden. Ich ließ sie an die Wand des Grabmals gelehnt stehen, die gefesselten Handgelenke auf Taillenhöhe. Pornografische Bilder spulten sich in meinem Kopf ab, und ich war versucht, ihr die Jacke auszuziehen, das Sweatshirt und die Jeans. Sie nackt auszuziehen, das volle Programm ablaufen zu lassen. Wie konnte ich mir das auch nicht vorstellen? Ich hatte schon so verdammt lange daran gedacht, mit Catherine zu tun, was mir gefiel, mit oder ohne ihr Einverständnis.

Konzentrier dich auf das Ziel. Das hier ist zu ihrer Therapie. Für ihre psychische Gesundheit. Lass dich nicht von deinem Schwanz beherrschen.

»June muss uns dabei zusehen«, sagte ich.

Ich streichelte Catherine und erlaubte meinen Händen zu wandern. Oberkörper, Unterkörper, Brüste, Becken. Ich versenkte mich in meine heilende Aufgabe und bemerkte Catherines farbloses Gesicht und dass sie die Augen geschlossen hatte.

»Sehen Sie June an. Sehen Sie sie an. Sehen Sie, wie sie uns zuschaut?«

Ich log nicht. Bei allem, was ich mit Catherine machte, schienen Junes Blicke auf uns zu ruhen.

vierundzwanzig

Ich nahm ihr den Knebel ab, als ich wieder in ihrem Haus war. Ich warnte sie, dass ich den Knebel sofort wieder anbringen würde, sollte sie zu schreien beginnen. Die Handschellen blieben dran, aber ich legte sie auf die Couch in ihrem Wohnzimmer, ein Kissen unter dem Kopf. Ich wusste, dass es jetzt an der Zeit war, mich zu offenbaren und ihr zu erklären, warum ich sie vor June gestreichelt hatte. Aber nachdem ich schon mal da war, beschloss ich, vorher ihr Haus zu erkunden und zu sehen, was ich dadurch über sie erfahren könnte. So was macht man eigentlich nicht, klar, aber die Neugier ging einfach mit mir durch.

Esszimmer, Küche, Wohnzimmer, Bad und Schlafzimmer. Das war Catherines Wohnung. Außerdem hatte sie noch einen Keller, aber keine Garage, und mit Ausnahme des Bades, in dem eine riesige, altmodische Badewanne mit vergoldeten Hähnen für kaltes und heißes Wasser stand, waren alle Zimmer von bescheidener Größe. Es gab nirgends Fotos von June Hazzard, was mich überraschte, und ihre ordentlich in einem Regal im Wohnzimmer stehenden Bücher gingen in die esoterische Richtung. Bücher über Tarot, die Geschichte des Spiritualismus, Geister. Titel, die die Worte »Tod«, »Seele« und »Geist« enthielten. Ich kann nicht gerade behaupten, dass ich schockiert gewesen wäre, obwohl mir die Bücher über Vogelbeobachtung die Sprache verschlugen. In der Küche befanden sich alle möglichen Kochgeräte, und ein neben der Haustür stehendes Fahrrad mit komplexer Schaltung verriet mir, womit sie sich fit hielt. Davon abgesehen befanden sich in ihrem Schlafzimmer ein Laptop und ein Flachbildfernseher, aber nichts gab mir einen Hinweis, womit sie ihre Brötchen verdiente oder ob sie überhaupt einem Beruf nachging.

»Vogelbeobachtung, hm?«

Ich war wieder im Wohnzimmer und saß in einem Ohrensessel dem Sofa gegenüber.

»Bist du fertig mit deiner Inspektion?«

»Dann kennen Sie also das Bedürfnis zu beobachten.«

»Du stellst einen Vergleich an zwischen dem Beobachten von Vögeln und dem, was du tust?«

»Es gibt Parallelen.«

»Wie soll das hier enden?«, fragte Catherine. »Fickst du mich am Ende? Bringst du mich um? Bringst du mich zuerst um und fickst mich anschließend?«

»Ich verstehe schon, wie Sie darauf kommen.«

»Ach ja, wirklich? Wow! Beeindruckend. Ich nehme an, der Spaß, den du vorher hattest, war dein Vorspiel.«

»Wenn Sie mich erklären lassen …«

»Jetzt klingst du wie ein schuldbewusster Ehemann, Kurt.«

»Sie scheinen keine Angst zu haben.«

»Ich bin nur fertig. Fertig mit euch Männern.«

»Und jetzt klingen *Sie* wie meine Mutter. Denken Sie bloß nicht, dass sie nach meinem Vater noch mal mit einem anderen Kerl zusammen war.«

»Du musst es ja wissen. Wo du doch ihre Lebensgeschichte aufschreibst und alles.«

Catherine drehte sich auf die Seite, hatte die Beine angezogen und starrte auf die Rückenlehne des Sofas. Ich betrachtete ihre Haare vor dem Hintergrund ihrer schwarzen Jacke, die Form ihres Hinterns in ihren Jeans. Dass sie sich von mir abgewandt hatte, schien zu sagen, dass unser Gespräch beendet war und ich jetzt irgendwas tun oder verschwinden sollte, aber ich konnte weder die eine noch die andere Möglichkeit befolgen.

»Lassen Sie mich erklären, um was es hier geht«, sagte ich.

»Bitte, tu das«, sagte Catherine. »Ich sitze auf heißen Kohlen.«

»Dann hören Sie mir zu?«

»Hab ich eine Wahl?«

»Sie wissen, dass ich Horrorfilme mag, richtig? Sie haben meine Sammlung gesehen, als Sie bei mir waren.«

»Und?« Sie drehte ihren Oberkörper, starrte mich über die Schulter an. »Willst du irgendwas aus einem Film nachstellen?«

»Nein. Nichts in der Richtung. Aber ein Horrorfilm hat mir geholfen zu verstehen, was hier los ist.«

»Was womit los ist?«

»Mit Ihnen«, antwortete ich. »Ich hab ihn mir neulich abends noch mal angesehen, und dabei hatte ich dann ein Aha-Erlebnis.«

»Du brauchst Hilfe, Kurt. Das musst du einsehen. Können wir das hier nicht einfach beenden und uns darum kümmern? Ich werde mein Bestes tun, dir zu helfen, jemanden zu finden.«

»Ich versuche hier *Ihnen* zu helfen. Lassen Sie uns bei der Sache bleiben.«

»Warst du schon mal?«

»War ich schon mal was?«

»Bei einem Psychiater.«

»Wollen Sie gar nicht wissen, welcher Film es war?«, sagte ich. »Der mir geholfen hat, zu erkennen, was los ist?«

Sie drehte sich wieder ganz zu mir um, wirkte niedergeschlagen.

»Sag's mir.«

»*Katzenmenschen.*«

»Kenn ich nicht.«

»Es gibt zwei Fassungen. Aber ich rede hier vom Original aus dem Jahr 1942.«

Hut ab vor Produzent Val Lewton und vor DeWitt Bodeen, der das Drehbuch geschrieben hat, und auch vor Regisseur Jacques Tourneur. Ihr Low-Budget-Klassiker ist psychologisch ausgesprochen gerissen. Der in New York spielende Film erzählt die Geschichte einer aus Serbien stammenden Frau namens Irena. Sie ist jung und hübsch, wird aber von Ängsten gequält, Nachfahrin von verfluchten Höhlenfrauen zu sein. Diese Frauen verwandeln sich, so glaubt sie, in tödliche Panther, wann immer sie sexuell erregt werden. »Küss mich, und ich reiße dich zu Tode«, hieß es auf manchen Plakaten, aber der Film selbst ist sehr zurückhaltend. Er wird nie reißerisch. Ein schemenhafter, suggestiver Film, der mehr von der Angst vor Sex handelt als von einem Monster. Es ist außerdem, meiner Meinung nach, die beste Auseinandersetzung mit der Fluch-Thematik in der gesamten Filmgeschichte, und als ich ihn neulich noch mal gesehen hatte, waren mir die gemeinsamen Charakterzüge von Irena und Catherine Embers ins Auge gesprungen.

Vieles an Catherine ließe sich auf Grundlage einer Prämisse erklären: Falls Catherine abergläubisch war, so richtig abergläubisch, falls Catherine glaubte, verflucht zu sein, besäßen ihre abstrusen Handlungen eine innere Logik. Alles begann mit June Hazzard. Sie war tot, und aller Wahrscheinlichkeit nach war sie Catherines frühere Geliebte gewesen. Aber mal angenommen, June hätte vor ihrem Tod (wie auch immer sie gestorben war) etwas gesagt oder getan, das Catherine denken ließ, dass sie bestraft werden würde, wenn sie sich je wieder einen Liebhaber nehmen sollte. Was, wenn genau das passiert war? Es würde bedeuten, dass Catherine den Fluch missachtet hatte, als sie sich mit Ralph Soames einließ, und tatsächlich, der Mann verlor schon bald sein Leben. Junes furchteinflößende Macht war bewiesen. Schnapp dir einen Liebhaber, Catherine, und dir wird Übles widerfahren. Dann war ich vor ihrem Haus aufgetaucht, was für ein Timing, und Catherine hatte in mir das Werkzeug des Fluchs gesehen, den Erfüllungsgehilfen von Junes Rache. Deshalb hatte sie mir im Grabmal das Messer gegeben, deshalb hatte sie geglaubt, ich würde sie töten. Und als ich mich weigerte, mein Entsetzen artikulierte, brach sie in Tränen aus und verstand: Ich war nicht gekommen, um den Fluch zu erfüllen und sie zu bestrafen.

Eine Wahnvorstellung? Vielleicht. Catherines Wahnvorstellung. Aber aus dieser Prämisse, aus diesem Fluch, der ihr, wie sie meinte, von June auferlegt worden war, ergab sich alles andere. Meine Theorie erklärte Catherines Launen und warum sie das Präsens verwendete, wenn sie von June Hazzard sprach. Für sie war June am Leben. Sie lebte durch ihren Fluch weiter. Und obwohl Catherine verstandesmäßig wusste, dass ich kein solcher Erfüllungsgehilfe war, glaubte sie dennoch halb an die Wirksamkeit des Fluchs und konnte sich nicht überwinden, ihn erneut zu missachten, indem sie uns miteinander ins Bett gehen ließ. Sie war jetzt vollkommen zwiegespalten, was Sex und die Frage unserer Beziehung betraf.

»Eine Beziehung?«, sagte Catherine, als ich aufhörte zu reden. »Du nennst das, was wir haben, eine Beziehung?«

»Es könnte eine sein. Wäre da nicht Junes Einfluss.«

Ich stand auf und lockerte meine Arme, ganz aufgedreht nach dem Lüften des Geheimnisses.

»Liege ich mehr oder weniger richtig? Was den Fluch betrifft?«

»Du bist ein echter Sherlock Holmes.«

»Ich wusste es«, erwiderte ich. »Wollen Sie den Film mal sehen? Ich kann ihn mitbringen, und dann schauen wir ihn uns zusammen an.«

»Und ich besorg das Popcorn.«

»Ich mein's ernst, Catherine. Sie sind wie Irena, und ich bin wie der Freund in dem Film, der ihr zu erklären versucht, dass es keinen Fluch gibt.«

»Aber am Ende gab es doch einen Fluch, hast du gesagt.«

»Es ist ein Horrorfilm, Catherine. Da muss irgendwas sein.«

»Und ich verwandle mich nicht in einen Panther, wenn ich geil werde.«

»Das nicht«, sagte ich. »Ich meine den psychologischen Teil. Sie sind Soames nahegekommen und dachten, er sei deswegen gestorben.«

»Er ist gestorben, weil ich ihn gestoßen habe. Ende der Geschichte.«

»Und Sie verstehen das?«

»Jetzt schon«, sagte Catherine. Sie wand sich in eine sitzende Position, setzte die Füße auf den Boden. »Also hättest du mich nicht so begrapschen müssen, um June irgendwas zu beweisen. Wer ist hier derjenige, der glaubt, dass sie wirklich anwesend ist? Du oder ich?«

»Hab ich begriffen. Aber ich wollte sichergehen.«

»Wobei?«

»Dass Sie wissen, dass sie keine Macht über Sie besitzt. Sie können mit Ihrem Leben weitermachen.«

»Den psychologischen Jargon hast du jedenfalls drauf, das muss ich dir lassen.«

»Sie können sagen, was Sie wollen. Ich versuche nur, Ihnen bei Ihren Problemen zu helfen, Catherine.«

»Du schaltest mich mit einem Elektroschocker aus, fesselst mich, vergewaltigst mich zwar nicht, aber tust all das und nennst das ›mir bei meinen Problemen helfen‹?«

Ich saß ganz vorn an der Kante des Ohrensessels, fest entschlossen weiterzumachen. Niemand behauptete, dass eine Therapie leicht sei, und ich kann von mir nicht sagen, entsprechend ausgebildet zu sein. Aber ich spürte, dass es mir gelingen konnte, sie doch noch für mich zu erwärmen, wenn ich sie von meinen guten Absichten zu überzeugen vermochte. Mein Ziel war es, ihr dabei zu helfen, sich ihrem seelischen Ballast zu stellen, und meine unorthodoxen Methoden dienten allein diesem Ziel.

»Betrachten Sie die Handschellen einfach als Fixierung und mich als Ihren Arzt.«

Ich versuchte, eine gewisse Leichtigkeit hineinzulegen, das Gespräch aufzulockern.

»Werde ich nicht. Bist du nicht.«

»Ich habe viel für Sie getan, Catherine.«

»Kurt.« Sie schloss wieder die Augen, dann sah sie mich direkt an. »Ich bin dir dankbar, dass du Ralph begraben hast. Das bin ich wirklich. Aus tiefstem Herzen: Danke.«

»Gern geschehen.«

»Das war sehr mutig, und ich weiß, es bedeutet, dass du dich um mich sorgst.«

»Ich habe gehofft, dass Sie das sagen.«

»Fantastisch. Aber gleichzeitig wünschte ich, es gäbe einen Fluch. Ganz ehrlich. Ich würde dich sofort ficken, jetzt, in diesem Augenblick, wenn ich denken würde, dass du anschließend stirbst. Das wäre die einfachste Möglichkeit, dich loszuwerden.«

fünfundzwanzig

Dafür hätte ich sie ohrfeigen sollen, aber das tat ich nicht. Wie konnte ich auch? Ich schlage keine Frauen, das habe ich noch nie getan. Charlotte wusste, wie sie meine Geduld auf die Probe stellen konnte, und beim Schreiben war es immer wieder vorgekommen, dass ich meine Mutter am liebsten verprügelt hätte, aber wann immer Wut in mir aufbrauste und ich spürte, dass ich womöglich handgreiflich werden könnte, schloss ich die Augen, holte tief Luft und zählte bis fünf. Oder bis zehn. Je nachdem, wie lange die Wut anhielt. Diese Augen-Atem-Zähl-Technik wendete ich auch jetzt an, während Catherine mich beobachtete, und als ich meine Augen öffnete und weiteratmete (fünfzehn Sekunden), sprang ich vom Sessel auf und verbeugte mich wie ein preußischer Soldat. Ich grüßte sie förmlich und ging zur Tür, ließ sie gefesselt auf der Couch zurück.

»He!«

Ich hörte ihre Überraschung und ihre Angst.

»Kurt?«

Aber wozu antworten? Ich wusste nicht, was ich sagen sollte. Therapie braucht Zeit und Übung. Hatte ich eines von beiden? Hatte es einen Sinn, sich weiter mit ihr abzuplacken? Wie hatte ich nur so optimistisch sein können? Ihre Abwehrhaltung aufzubrechen, ihr die Augen dafür zu öffnen, warum sie mich mögen sollte, dass ich nichts als Liebe für sie empfand – das alles würde eine Qual werden. Und sehen wir den Tatsachen ins Auge: Es hatte meinem Anliegen nicht gerade geholfen, sie mit dem Elektroschocker zu lähmen, an Handgelenken und Knöcheln zu fesseln und im Grabmal zu befummeln. Meine *Katzenmenschen*-Theorie, die ich für solide hielt, die scheinbar den Nagel auf den Kopf traf, hatte bei ihr nur Verachtung hervorgerufen.

Als ich nach Hause fuhr, kämpfte ich gegen die Tränen (kein Quatsch).

In der Küche setzte ich so leise ich konnte einen Topf auf den Herd und kochte etwas Wasser. Ich gab Haferflocken mit Ahornsirup und Rohzucker in eine Schüssel, meine Lieblingssorte. Sanftes rosa Licht drang durchs Fenster herein, und beim Essen starrte ich über die Straße zum Friedhof hinüber. Dort hatte alles angefangen. Ich hatte Catherine bei einem abendlichen Spaziergang gesehen und wenig später zugelassen, dass ich ihr verfiel, ich Obertrottel. Wie nennt Freud das noch gleich? Wiederholungszwang? Raus aus der einen ungesunden Beziehung – der mit Charlotte, bei der ich von Glück reden konnte, dass ich sie überlebt hatte – und rein in die nächste. Aber wem versuchte ich hier was vorzumachen? Ich hatte keine Beziehung mit Catherine. Heute Abend hatte sie diese Tatsache unmissverständlich klargestellt. Abgesehen von ihrer Dankbarkeit für meine Hilfe, einer obendrein widerwilligen Dankbarkeit, empfand sie nichts für mich. Nur Verärgerung und Geringschätzung. Und hatte sich das nicht sogar zu unverhohlener Feindseligkeit weiterentwickelt? Nach heute Abend mochte das so sein. Aber für Entschuldigungen war es zu spät. Sollte ich sie einfach so zurücklassen? Wie lange dauert es, bis ein

Mensch verhungert? Sicher Wochen, überlegte ich, zwei oder drei, und in dieser Zeit könnte sie durchaus Besuch bekommen. Ein Freund, falls sie überhaupt Freunde hatte, oder eine Paketzustellung. Der Postbote. Ich hatte ihr den Knebel nicht wieder in den Mund gesteckt, also musste sie nichts anderes tun als so lange zu brüllen, bis jemand sie hörte. Gut möglich, dass sie jetzt, in diesem Moment, brüllte. *Ein Schnitzer nach dem anderen*, sagte ich mir, *bislang hab ich, was sie angeht, nichts wirklich Kluges gemacht.* Und während ich überlegte, dass ich versuchen könnte, irgendwohin abzuhauen, zum Flughafen zu fahren, ein Ticket zu kaufen und – wer weiß? – nach Südamerika fliegen, kam meine Mutter in die Küche, wie immer früh auf den Beinen. Sie war so ziemlich der letzte Mensch, den ich gerade sehen wollte.

»Morgen, Ma.«

»Du bist früh auf.«

»Kommt vor.«

»Schlecht geträumt?«

»Ich hab drüber nachgedacht, wie wir mit dem nächsten Kapitel weitermachen sollten.«

»Bist du davon wach geworden?«

»Ich glaube«, sagte ich.

»Du siehst schrecklich aus.«

»Ist wahr?«

»Als wärest du gar nicht im Bett gewesen.«

Kann man seiner eigenen Mutter was vormachen? Scheiße. Sie kannte mich zu gut. Ich musste dunkle Ringe unter den Augen gehabt haben, und wahrscheinlich hatte ich auch die Flecken im Gesicht, die ich immer kriege, wenn ich zu wenig Schlaf bekomme. Es hatte keinen Sinn, mit ihr zu diskutieren.

In ihrem langen blauen Morgenrock machte sich meine Mutter an ihr morgendliches Ritual. Sie maß Kaffeepulver in den Filter ab, schüttete Wasser auf, schaltete die Maschine an, nahm ihren Becher aus dem Schrank, stellte ihn auf die Arbeitsplatte und wartete. Zwei Teelöffel Zucker in den Becher, die Zigarette anzünden. Dann trank sie ihren schwarzen Kaffee zwischen mächtigen Zügen an ihrer Zigarette, und sie setzte sich nicht zu mir an den Tisch, sondern stand mit ihrem ganzen Gewicht gegen die Spüle gelehnt. Ihre Blicke, die auf mir ruhten, mussten genau die Blicke sein, die in ihrer Zeit als Anwältin Zeugen im Kreuzverhör abbekommen hatten.

»Ich sehe wieder die gleichen Anzeichen, Kurt.«

»Welche Anzeichen?«

»Die es gab, als du das alles mit Charlotte durchgemacht hast.«

»Wovon redest du?«

»Dieses manische Verhalten. Die ganze Nacht wegbleiben. Die geheimnisvollen Ausflüge.«

»Ich bin nicht manisch«, erwiderte ich. »Und was weißt du schon, wie ich damals war? Ich war in der Stadt.«

»Du bist hergekommen und einen Monat geblieben. Du erinnerst dich?«

»Bin ich das?«

»Um von ihr wegzukommen und Raum zum Atmen zu haben, hast du gesagt.«

»Klingt heute ziemlich verrückt«, sagte ich. »Wo ich doch mit einem Menschen zusammenlebe, der mir keine Luft zum Atmen lässt.«

»Du weichst aus, Kurt. Und ich bin nicht blind. Ich kann dir den Stress ansehen.«

»Kann ich vielleicht mal meine Haferflocken in Ruhe zu Ende essen?«

»Iss. Ich halte dich nicht davon ab. Aber weißt du, wann es angefangen hat? Die Anzeichen, die Anspannung?«

»Als ich dumm genug war einzuwilligen, an deinem Buch zu arbeiten?«

»Nach der Nacht, in der du in die Stadt gefahren bist«, sagte meine Mutter.

»Welche Nacht, in der ich in die Stadt gefahren bin?«

»Du weißt genau, welche Nacht ich meine.«

»Das ist doch albern.«

»Nicht so albern, dass es die Cops davon abhalten würde, hierherzukommen und Fragen zu stellen.«

»Das ist ihr Job«, sagte ich. »Sie haben wegen irgendwas ermittelt.«

»Spar dir die Worte«, sagte meine Mutter. »Was immer du den Cops erzählt hast, es scheint sie überzeugt zu haben. Aber irgendwas geht hier vor, das weiß ich. Sollte ich dir besser einen Anwalt besorgen?«

»Mom!«

»Sollte ich?«

»Nein«, sagte ich. »Könnte ich jetzt etwas Ruhe haben?«

»Dann *bist* du also müde?«

»Ich war bei einer Frau«, sagte ich. »Okay? Willst du Details?«

»Wie schon gesagt, es ist wieder eine Situation wie bei Charlotte.«

Ich konnte den Zirkelschlusscharakter ihres Vortrags nicht ertragen, diese besondere Fähigkeit von Juristen, eine Unterhaltung auf ein ganz bestimmtes Ende hin zu lenken. Punkt für sie.

»Möchtest du heute mit dem Schreiben weiterkommen, Ma?«

»Das hängt ganz von dir ab.«

»Wenn du mir etwas Schlaf lässt. Zwei, drei Stunden, und es kann losgehen.«

»Was immer du sagst. Ist ja nicht so, als wärest du in letzter Zeit besonders bei der Sache.«

»Warum sagst du das?«

»Die Textqualität. Die ist gesunken.«

Oben putzte ich mir die Zähne und zog einen Schlafanzug an. Laken über den Kopf, Embryonalstellung. Die Stellung aus einer Zeit, bevor man alles vermasselt, wenn man noch von nichts eine Ahnung hat, aber auch keinerlei Sorgen. Was mich am meisten ärgerte, war die Tatsache, dass ich immer noch absolut nichts über Catherine wusste, trotz unserer hitzigen Interaktion. Hatte sie einen Job? Woher bezog sie ihr Einkommen? Gehörte ihr das Haus, wohnte sie zur Miete? Ich wusste, dass sie und June ein Paar gewesen waren, aber Einzelheiten ihrer Beziehung, wie sie sich kennengelernt hatten, was sie zusammen gemacht hatten, waren mir völlig unbekannt. Das Googeln nach June Hazzard war ergebnislos geblieben, und Catherine hatte nie etwas verraten. Ich wusste nicht einmal, wie June ausgesehen hatte, als sie noch lebte. *Unfähig wie ein Ermittler*, dachte ich und spielte mit dem Gedanken, wieder aufzustehen und zu Catherines Haus zu fahren. Wenn sie sich noch nicht selbst befreit hatte, könnte ich sie wieder knebeln und jeden Quadratzentimeter ihres Hauses durchkämmen. Fotos, Rechnungen, Tagebücher, ihr Telefon, der Computer – es musste kleine Informationen über sie geben, die ich durch mein Studium ihrer Habe erfahren konnte. Genau das hätte ich schon vorher machen sollen, statt die Titel ihrer Bücher zu lesen und nachzusehen, was sie in der Küche hatte.

Konnte man die Uhr zurückstellen? Konnte ich die Zeit zu dem Moment zurückdrehen, bevor ich Catherine gesehen hatte? Beim zweiten Mal würde ich es völlig anders anpacken und ihre Besuche auf dem Friedhof ignorieren. Ich würde über mich hinauswachsen und meine Zwangsneurose beherrschen. Ich würde mich nicht verknallen. Wenn ich an all die Energie und Zeit dachte, die ich für meine Aktivitäten um Catherine verplempert hatte! Ohne das alles hätte ich die Memoiren längst fertiggeschrieben und mit der Arbeit an meinem eigenen Buch begonnen.

Zur Ablenkung, um meinen Gedanken zu entkommen, brauchte ich Musik. Ich holte mein Telefon aus der Hose auf meinem Schreibtischsessel, klaubte die Kopfhörer von meinem Nachttisch. Wonach war mir? Nach etwas Ruhigem, Anmutigem: Ich scrollte durch das Menü auf meinem Telefon und landete bei Gabriel Fauré, seinem *Requiem*.

Als die Musik einsetzte, legte ich mich hin und schloss die Augen. Für eine Millisekunde zog ich in Erwägung, zurück zu Catherines Haus zu fahren und sie von ihren Handschellen zu befreien. Sofern sie noch nicht zu brüllen angefangen hatte und niemand vorbeigekommen war, konnte es dafür noch rechtzeitig sein. Ich konnte sie befreien und mich entschuldigen. Sie um Verzeihung bitten. Aber das würde bedeuten, dass ich aufstehen und unten an meiner Mutter vorbeigehen musste, und ich glaubte nicht, dass ich dazu die Energie hatte. Gab es eine Möglichkeit, die Schlüssel der Handschellen per Telekinese zu bewegen? Aus meiner Hosentasche in Catherines Hände? Nein, nicht auf diesem Planeten. Aber jetzt war Erholungszeit, seelische Auszeit, und ich ließ mich vom *Requiem* davontragen. Ich kreiste, stieg auf, hatte eine Vision, wie ich mit Catherine redete, sie anlächelte, während sie mich anlächelte, und ich streichelte über ihr langes, rotes Haar.

Ich weiß nicht genau wann, aber ich musste dann eingeschlafen sein. Denn bevor ich mich's versah, wurde mein Name gerufen.

»Kurt. Kurt.«

Ich öffnete die Augen, versuchte im Sonnenlicht etwas zu sehen. Meine Lippen und Wangen fühlten sich nass an, und ich musste die Kopfhörer von den Ohren nehmen.

»Was ist denn, Ma?«

»Zieh dich an und komm runter.«

»Warum? Ich muss schlafen.«

»Es ist jemand hier für dich.«

»Wer? Die Polizei?«

»Nein«, antwortete meine Mutter. »Erwartest du die Polizei?«

»Wer ist es denn?«

»Eine Frau, ich glaube, du kennst sie. Sie heißt Catherine Embers.«

sechsundzwanzig

Sie schien sich ganz wie zu Hause zu fühlen, wie sie da an unserem Küchentisch saß. Es sah aus, als würde sie sich, wie soll ich sagen – verdammt wohlfühlen. Eine Tasse Tee, die Zuckerdose, ein Löffel und eine weiße Papierserviette vor ihr auf dem Tisch. Keine Handschellen an ihrem Körper. Sie trug die Jeans und die schwarze Daunenjacke, die sie auch zuletzt getragen hatte.

»Ich habe gewartet, dass du zurückkommst«, sagte sie. »Bist du aber nicht.«

Mein Blick schoss immer wieder zwischen ihr und meiner Mutter hin und her, ich fühlte mich benommen.

»Sie hat versprochen, keine Anzeige zu erstatten«, sagte meine Mutter.

Sie hatte sich ebenfalls an den Tisch gesetzt, mit brennender Zigarette; ich war der Einzige, der stand. Die Kaffeetasse meiner Mutter war zu einem Viertel voll.

»Ich … ich krieg das hier nicht ganz auf die Reihe«, sagte ich.

»Ich habe angerufen«, sagte Catherine. »Was ist daran so kompliziert?«

»Ich hab mein Telefon nicht klingeln gehört.«

»Ich habe hier angerufen«, sagte sie. »Die Nummer steht im Telefonbuch.«

Dass sie sich rüber zu ihrem Telefon geschleppt oder gerollt hatte, konnte ich mir noch vorstellen, aber warum in aller Welt hatte sie sich mit meiner Mutter in Verbindung gesetzt?

»Bei Müttern und ihren Söhnen weiß man ja nie«, sagte sie, »aber ich hatte so das Gefühl, dass sie dein Handeln nicht gutheißen würde. Du hast gesagt, sie wäre Anwältin. Frauen fesseln? Konnte mir nicht vorstellen, dass ihr so was gefällt.«

»Wo sind die Handschellen?«

»Kurt.« Meine Mutter. »Denk drüber nach, was du da getan hast.«

»Wo sind die gottverdammten Handschellen?«, fragte ich.

»Ich hab sie abgenommen«, antwortete meine Mutter. »Sie sind in Catherines Haus.«

»Aber die Schlüssel waren in meiner Hose.«

»Und deine Hose hing über dem Stuhl. Da schaut man als Erstes nach Schlüsseln.«

»Du hast nicht mal gefragt? Du hast dich wie ein Dieb in mein Zimmer geschlichen.«

»Kurt, du hast eine Frau gegen ihren Willen gefesselt. Du hast sie in diesem Zustand zurückgelassen. Weißt du eigentlich, wie viel Glück du hast, dass sie keine Anzeige erstattet?«

Glück hat nichts damit zu tun, dachte ich und fragte mich, welchen Gegenzug Catherine wohl geplant hatte. Sie hatte etwas vor: Warum hatte sie sonst meine Mutter angerufen? Sie hätte andere Möglichkeiten gehabt, sich zu befreien. Und wie viel hatte sie meiner Mutter von all dem erzählt, was uns beide beinhaltete?

Das Missverhältnis dieser Situation, dass ich mich mit meiner doppelten Nemesis in einem Raum befand, ließ mir die Luft ganz schön dünn erscheinen. Ich fühlte mich, als würde ich durch einen Strohhalm atmen. Könnte ich entkommen, indem ich durch den Boden diffundierte und an einer anderen Stelle wieder der Erde entstieg? Ich hätte Catherine früher ausschalten sollen, als sie wehrlos gewesen war, aber diese Chance war vertan. Oder nicht? Nachdem beide gerade ganz nah bei mir waren, konnte ich sie eigentlich auf einen Streich erledigen. Schnapp dir das Tranchiermesser aus dem Block auf der Arbeitsplatte. Dann greif an. Nicht zustechen. Schlitz ihnen die Kehle auf. Aber wie standen meine Chancen, nicht verhaftet zu werden? Soames war verschwunden, zwischen ihm und Catherine gab es eine Verbindung, und sie war wiederum in der Öffentlichkeit mit mir gesehen worden, einem Kerl, der noch bei seiner Mutter wohnte. Wenn drei von vier Menschen, zwischen denen es in einem Fall Verbindungen gab, verschwanden, würde ich automatisch der Verdächtige Nummer Eins. Ich lieferte den Cops die Festnahme quasi auf dem Silbertablett.

»Kann ich ihn mir eine Weile ausborgen?«, fragte Catherine.

»Wenn Sie mir versprechen, ihn zurückzubringen«, antwortete meine Mutter augenzwinkernd.

»Werde ich.«

»Dann nur zu.«

Über wen redeten die da? Hatte ich vielleicht auch ein Wörtchen mitzureden?

»Ich werde nicht mit Ihnen gehen«, sagte ich. »Warum sollte ich?«

Catherine stand auf. »Lass uns ein bisschen spazieren fahren, Kurt.«

»Sind Sie taub? Ich komme nicht mit.«

»Hast du jetzt Angst vor mir?«

»Ich habe keine Angst. Wir sind fertig miteinander, das ist alles.«

»Kurt.« Wieder meine Mutter. »Geh mit ihr. Nach allem, was du getan hast, ist es wirklich sehr erstaunlich, dass sie überhaupt noch in deiner Nähe sein möchte.«

»Macht's Ihnen was aus, mir zu verraten, warum wir spazieren fahren sollten?«

»Auf einen Kaffee«, sagte Catherine. »Um der alten Zeiten willen.«

Das klang nach einem Haufen Blödsinn, aber ich gab meinen Widerstand auf. Was immer passieren würde, würde passieren. Und alles war besser, als mit den beiden in einem Raum zu sein.

Wir fuhren auf kurvenreichen Straßen durch einen strahlend hellen Morgen, kamen an Getreidespeichern und Scheunen vorbei, platten Maisfeldern, dem einen oder anderen Teich. Der Frühling nahte, grüne Knospen und Triebe, und ich öffnete mein Fenster einen Spalt. Catherine redete pausenlos, auch wenn sie mich dabei nicht ansah. Ich fasste das so auf, dass ich zuhören sollte, ohne sie zu unterbrechen, also machte ich genau das. Um es auf den Punkt zu bringen: Sie sagte, dass sie wegziehen werde und nie wieder von mir hören wolle. Wir würden uns nicht treffen, wir würden nicht telefonieren, wir würden auch nicht über E-Mail in Kontakt bleiben. Nada. Es musste ein endgültiger Bruch sein. Der Haken war: Um wegziehen zu können, brauchte sie meine Hilfe. Da war etwas, wovon sie wünschte, es selbst tun zu können, aber der körperliche Teil des fraglichen Jobs machte das unmöglich. Und während ein Umzugsunternehmen sich um alles in ihrem Haus kümmern würde, konnte niemand außer mir bei dieser anderen Sache helfen, die sie transportieren musste.

»Es geht um June«, sagte sie. »Damit sie mitkommen kann.«

»June? Sie meinen, ihren Leichnam?«

»June.«

»Sie wollen sie ausgraben.«

»Sie ist nicht begraben, Kurt. Das weißt du doch. Wir holen sie da raus, legen sie in einen anderen Sarg, einen leichteren, und du kannst mir helfen, ihn dann in einen Laster zu laden. Danach heißt es: Auf Nimmerwiedersehen! Ich muss dich nie mehr sehen.«

»Was, wenn ich sagen würde, dass ich Sie in Ruhe lasse? Kommen Sie auf den Friedhof und besuchen Sie sie, wann immer Sie wollen?«

»Du hast diesen Ort für mich verdorben, Kurt. Das habe ich schon mal gesagt. Du und Ralph Soames.«

»Es ist nur ein Grabmal.«

»Nicht für mich«, sagte sie. »Aber das verstehst du nicht.«

»Ich habe Ihren heiligen Ort entehrt, sagen Sie?«

»Du hast es verdorben, Arschgesicht. Genügt das nicht?«

»Sie können mir nicht vorwerfen, dass ich mich gefragt habe, was Sie da drinnen anstellen. Ich weiß es übrigens immer noch nicht.«

»Was ist los mit euch Männern?«, sagte Catherine. »Ihr könnt einer Frau keinen Raum lassen, an dem sie ganz für sich sein kann. Müsst ihr auf alles pissen?«

»Ich wollte doch nur, dass Sie mich mögen«, antwortete ich.

»Du bist derjenige, der wegziehen sollte«, sagte sie. »Aber das wirst du nicht. Du bist dort bei Mami, und ihr beide habt euren eigenen Tango laufen. Viel Glück damit.«

»Haben die Cops gesagt, dass Sie die Stadt verlassen dürfen?«

»Sie haben jedenfalls nichts Gegenteiliges gesagt.«

Ich hätte gern gewusst, wie weit die Cops mit Ralph Soames' Verschwinden waren, aber an welchem Punkt auch immer ihre Ermittlungen angekommen waren, sie hatten nicht genug rausgefunden, um Catherine zu belasten. Oder mir, falls sie mich ebenfalls im Auge behielten. Was immer sie hatten, viel konnte es nicht sein, und in der Lokalzeitung hatte seit Wochen nichts mehr über Soames gestanden.

»Bringen wir's hinter uns, Kurt. Hilfst du mir? Du tust es, wir sind quitt, adieu. Tust du es nicht, gehe ich zurück zu deiner Mutter. Sie wird begeistert sein zu erfahren, dass du mir ihr Buch zum Lesen gegeben hast.«

Catherine warf mir einen kurzen Blick zu und richtete ihre Aufmerksamkeit dann wieder ganz aufs Fahren.

»Ich hab's bislang nicht erwähnt«, sagte sie. »Aber wie die Dinge liegen, ist sie ohnehin ziemlich sauer auf dich. Stell dir mal vor, sie erfährt auch noch das.«

»Sie haben es doch niemandem gezeigt, oder?«

»Noch nicht«, sagte Catherine. »Allerdings könnte ich es ins Internet stellen. Das wird ihr bestimmt gefallen.«

»Worüber haben Sie mit meiner Mutter geredet?«

»Wie ich gefesselt wurde. Sie klang so, als würdest du … nicht gerade auf tolle Beziehungen zu Frauen zurückblicken können.«

»Was hat sie gesagt?«

»Genug. Warum holst du dir keine Hilfe, Kurt?«

»Sie sind hier diejenige, die Hilfe braucht«, sagte ich. »Sie nehmen eine Tote mit, wenn Sie umziehen.«

»Heißt das Ja oder Nein? Ich werde nicht den ganzen Tag auf eine Antwort warten.«

Ich fühlte mich völlig erschöpft, während ich da saß und all das Gerede über mich ergehen ließ, und ich hatte nicht das geringste Bedürfnis zu diskutieren. Warum sollte ich klammern? Ich hatte bei Catherine versagt. Wenn sie erst einmal weg war, würde ich versuchen, sie zu vergessen.

»Ich werde Ihnen helfen«, sagte ich. »Um ehrlich zu sein, ich bin froh, wenn Sie weg sind.«

»Dann ist es für beide Seiten ein Gewinn.«

»Scheiße, ich hab's versucht. Sie haben ein Herz aus Eis.«

»Armer Kurt.«

Ich hörte ihren Sarkasmus.

»Armer Kerl.«

Sie sagte, sie würde anrufen, wenn sie mich brauchte, und fuhr mich nach Hause.

siebenundzwanzig

Ich ging hinein und hoch in mein Zimmer. Ich wusste, meine Mutter würde mir direkt hinterherkommen, also schenkte ich es mir, die Tür abzuschließen. Sie würde sonst ohnehin nur hämmern und hämmern, bis ich schließlich aufmachte. Ich legte mich hin, Schuhe aus, Hände hinter den Kopf, und wie aufs Stichwort kam meine Mutter herein, ein Weißstorch im schwarz-weißen Trainingsanzug.

»Willst du drüber reden?«

»Nein«, antwortete ich.

»Was hat sie gesagt?«

»Geht dich nichts an.«

»Im schlimmsten Fall? Anzeige wegen Entführung.«

»Ich habe sie nicht entführt«, sagte ich.

»Du hast sie gegen ihren Willen eingesperrt.«

»Du hast sie doch gehört, Mom. Sie wird nicht zur Polizei gehen.«

»Dann bist du mal wieder davongekommen.«

»Mal wieder?«

»Wie bei Charlotte.«

»Kann ich bitte bitte bitte etwas Zeit für mich allein haben?«

»Die bekommst du, Kurt. Gern sogar. Aber vorher musst du mir eine Sache versprechen.«

»Und die wäre?«

»Schwör, dass du dich in stationäre Therapie begibst.«

»Reicht nicht ambulante Betreuung? Ein, zwei Sitzungen in der Woche?«

»Das ist kein Witz.«

»Ich lache auch nicht«, erwiderte ich.

»Eines Tages wirst du nicht mehr so viel Glück haben, und die Frau, mit der du dann zusammen bist, wird dich fertigmachen.«

»Zur Kenntnis genommen. Könntest du mich jetzt bitte allein lassen?«

»Nicht bis du sagst, dass du es tun wirst. Sieh's als Verschnaufpause. Ich übernehme die Kosten.«

»Und das Buch?«

»Das legen wir auf Eis. Oder du arbeitest dort daran weiter. Du wirst sicher einen Laptop mitbringen dürfen.«

Anscheinend hatte sie während meiner Fahrt mit Catherine meine Einweisung geplant. Ich sollte dorthin gehen, Ärzte aufsuchen, über mich selbst reden und reden und reden. Mich eingehend mit meinen wiederkehrenden Verhaltensmustern bei Frauen befassen. Damit, dass ich einen obsessiven Charakter hatte und stalkte. Dass ich bei dem Versuch, ihre Zuneigung zu gewinnen, bereit gewesen war, eine Frau einzusperren. Warum ich überhaupt so war. Welche Auswirkungen der Mord an meinem Vater auf meine Psyche hatte oder wie meine Reinlichkeitserziehung gewesen war. Ich konnte mir keine größere Zeitverschwendung vorstellen, und um der Unverschämtheit des Vorschlags die Krone aufzusetzen, war er ungerecht. Wenn ich tatsächlich eine obsessive Seite hatte, einen Kontrollzwang, woher kam das wohl? Mutter, wirf mal einen Blick in den

Scheißspiegel. Würdest du dich als einen entspannten Menschen bezeichnen? Ist deine Einstellung gegenüber deinem Buch ungezwungen? Keine Monomanie, nichts? Danke für die Gene, Mom.

»Ich sag dir, was ich tun werde«, sagte ich. »Ich lasse mich einweisen, wenn du es auch tust.«

»Sei nicht albern.«

»Bin ich nicht. Wir gehen zusammen. Eine gemeinsame Therapie.«

»Ich brauche eine Zigarette«, sagte meine Mutter.

»Und ich brauche einen Drink. Aber ja, ich bin derjenige mit den Zwangsneurosen, du doch nicht.«

»Mir wäre es lieber, wenn du es freiwillig tätest, Kurt.«

»Drohst du mir etwa? Du kannst mich nicht einweisen lassen.«

»Ich würde es vorziehen, wenn du es nicht drauf ankommen ließest«, sagte sie. »Aber ich möchte, dass du die Hilfe bekommst, die du benötigst.«

Zum zweiten Mal innerhalb einer Stunde hatte mir jetzt jemand gesagt, dass ich Hilfe brauchte, und in beiden Fällen war die Person, die mir das sagte, selbst eine veritable Spinnerin.

»Jeder deutet gern mit dem Finger«, sagte ich. »Scheiß drauf.«

Ich band meine Schuhe, kämmte mich, zog den Reißverschluss meiner Jacke hoch. Aber meine Mutter hatte sich nicht aus der Tür bewegt.

»Entschuldige mich.«

»Wo willst du hin?«

»Raus.«

»Wohin?«, fragte meine Mutter.

»Gehst du mir aus dem Weg, oder muss ich dich beiseiteschieben?«

»Es wäre besser, wenn du nicht wieder zu ihr gingest«, sagte sie und trat zur Seite, ließ mich vorbei. »Bitte geh nicht wieder dorthin. Ich werde die Polizei rufen.«

Ich blieb wie angewurzelt stehen. Mein Gesicht kribbelte. Alles kribbelte. Im ganzen Körper verspürte ich eine pochende Wärme.

»Madame.« Ich fasste ihr Stirnrunzeln als aufrichtige Besorgnis auf. »Ich möchte lediglich dem Klang Ihrer Stimme entkommen. Bitte, gestatten Sie mir diese Freiheit, denn andernfalls kann ich nicht für meine weiteren Handlungen garantieren.«

Ich machte meine preußische Soldatenverbeugung und flüchtete.

»Geh nicht dorthin zurück«, brüllte meine Mutter. »Wenn du das tust, bedeutet das nur Ärger.«

In der *Fieldhouse Tavern* halfen mir die Coronas und Tequilas nicht gerade dabei, mich zu beruhigen. Ich trank und regte mich nur noch mehr auf, fing an zu schwitzen. Die Feuchtigkeit sammelte sich unter meinen Achseln und bildete Tröpfchen an meinem Haaransatz. Das Hemd klebte mir am Rücken. Aus meinem Magen stieg es mir sauer auf, und je mehr ich trank, desto trockener schien meine Kehle zu werden. Ich konnte kaum noch schlucken. Irgendwas in mir war völlig von der Rolle, und ich spürte, wie meine Schläfen anschwollen, sich am Kopf ausdehnten. Ich berührte sie, um ihre Größe zu prüfen, aber es hatte sich nichts verändert. Mein Kopf war so groß wie immer. Der Druck war innen, rührte von meinen Gedanken, und ich fragte mich, ob ich etwas unternehmen sollte, um ihn zu mindern, indem ich nicht weiter über meine Niederlagen nachdachte. Ich könnte nach Kingston fahren oder in die City und mir eine Prostituierte kaufen. Ich könnte die Nacht mit Ficken, Saufen, Schlagen verbringen. Wie viel kostet Schlagen extra? Es müsste eine mit roten Haaren sein, und ich würde sagen, dass ich sie Catherine nennen wollte. Durchschaubar – na und? Sie würde die Geschichte hinter dem Namen nicht kennen. Nutten dienen doch immer als Stellvertreter für irgendwas, und solange ich die Schläge im Griff behielt oder gar nicht schlug, würde die Nacht für sie Alltag sein.

»Mit dir alles okay, Kurt?«

Tony machte seinen Job, beobachtete mich vom anderen Ende der Theke, hatte ein Auge auf Gesten und Gebrabbel seiner Stammgäste.

»Ich bin okay, außer dass ich ein Arschloch bin.«

»Sind wir das nicht alle?«

»Manche mehr als andere. Ich sehr viel mehr.«

Wenn meine Mutter mich in Ruhe lassen, wenn sie ihre Drohungen und Kritiken zügeln könnte, dann könnten wir mit ihrem Buch weitermachen. Alles wäre gut. Ich würde die Memoiren beenden und zu meiner eigenen Arbeit zurückkehren, zu den Entwürfen und Notizen, die ich in der Schublade hatte. Wie lange hatte ich sie jetzt schon dort? Ich würde mich in meine Arbeit stürzen und das Fiasko mit Catherine vergessen – nachdem ich Catherine beim Umzug geholfen hätte. Aber mit einer bestatteten Leiche umziehen? Ein Grab plündern? Nichts, was ich je getan hatte, nicht einmal das Verstecken von Soames' Leiche, kam an die Unkonventionalität dieses Vorhabens heran.

Mein Handy klingelte.

Die Festnetznummer von zu Hause.

»Ja?«

»Du bist doch nicht wieder zu ihrem Haus gefahren, oder?«

»Du bist verdammt gestört, Mom.«

»Das beantwortet meine Frage nicht.«

»Ich bin hier nicht im Zeugenstand.«

»Sag mir einfach, dass du nicht bei ihr zu Hause bist.«

»Ich bin nicht bei ihr zu Hause.«

Schweigen.

»Glaubst du mir?«

»Ich will deswegen nicht die Polizei anrufen und denen sagen, sie möchten mal dort vorbeifahren.«

»Ich bin in der *Fieldhouse Tavern*. Trinke ein Gläschen.«

Ich hob mein Telefon, machte einen Schnappschuss von dem Laden – die Theke, die rot bezogenen Hocker, die beiden Typen an der Theke, die Bier aus Flaschen tranken – und sagte ihr, ich würde das Foto sofort schicken.

»Wirf einen Blick in deine Mails«, sagte ich und beendete die Verbindung. Falls sie dennoch die Polizei anrief, irgendeine Art von optischer Täuschung befürchtete, war das ihr Problem. Sollte ein Streifenwagens zu Catherines Haus fahren, würde das die Cops verärgern und meine Mutter in Verlegenheit bringen.

»Ärger mit deiner Freundin?«

Über ihre Biere gebeugt warfen mir der Typ mit dem Pferdeschwanz und sein Freund selbstgefällige Blicke zu.

»Meine …?«

»Sie meinen Catherine«, erklärte Tony.

Ich hatte vergessen, dass diese Saufnasen hier es nie auch nur in Catherines Nähe geschafft hatten, dass sie mit neidischem Staunen zugesehen hatten, als ich mit ihr hinten in der Sitznische saß und wir uns unterhielten. Hatten sie mich nicht gerade das Wort »Mom« benutzen hören? Vermutlich nicht. Sie hätten sonst mindestens genauso viel Munition für ihren Spott gehabt.

»Was bin ich dir schuldig, Tony?«

»Das mit deinem Mädel tut mir leid«, sagte der mit dem Ziegenbart.

Trotz der Kälte draußen war mir immer noch heiß, und ich hatte leichte Kopfschmerzen. Ich hielt das Steuer fest umklammert und blieb unter der erlaubten Höchstgeschwindigkeit. Nicht, dass ich mich sonst in Kneipen prügelte, aber ich dachte an die Genugtuung, die ich dabei empfunden hätte, diesen beiden Losern die Fresse zu polieren. Ihnen die Visage zu polieren und auf sie einzutreten. Genau dieses Bild hatte ich im Kopf, als ich den Schlüssel drehte und das Haus betrat, und ich wollte in diesem Augenblick nichts anderes, als ungehindert die Treppe zu meinem Zimmer hinaufzugehen.

Schlaf dich aus, vergiss, dass es diesen Tag jemals gegeben hat.

Aber wann hat man schon mal Glück, wenn man es wirklich braucht? Meine Mutter kam aus der Küche geflitzt, bevor ich das Wohnzimmer durchqueren konnte, und fragte, wie ich mich entschieden hätte.

»Bezüglich was?«

»Das Krankenhaus. Wird das ein Streit?«

»Der läuft ja längst.«

»Ich würde mir den ganzen offiziellen Papierkram gern schenken, Kurt.«

Hingen wir in einer Endlosschleife fest? Ich schoss an ihr vorbei und die Treppe hinauf, rannte zu meinem Zimmer.

Sie natürlich sofort hinter mir her.

»Das ist doch lächerlich.«

»Dann sag Ja.«

Wir hatten mein Zimmer erreicht, in dem immer noch Licht brannte.

»Können wir vielleicht morgen weiterreden? Ich fühle mich nicht besonders.«

»Wir müssen jetzt darüber sprechen«, sagte sie.

»Bei dir ist immer alles jetzt jetzt jetzt. Hier muss ein Komma hin – jetzt. Überarbeite das – jetzt. Seit Monaten höre ich von dir nichts anderes als jetzt.«

»Aufmerksamkeit für Details ist wichtig.«

»Das Detail, das ich jetzt brauche, heißt Schlaf.«

»Ich fürchte, am Ende wirst du wieder vor ihrem Haus landen und sie belästigen.«

»Sofern ich nicht eingesperrt werde.«

»Damit du Ruhe und eine Therapie bekommst.«

»Sie zieht sowieso weg, also ist es eine akademische Frage.«

»Aber wer wird die Nächste sein?«

Der Schmerz in meinem Kopf detonierte, explodierte in Farben, leuchtete grell weiß, und ich schlug meiner Mutter mit der Faust ins Gesicht. Sie torkelte zurück, stieß gegen meinen Schreibtisch und verstreute dabei Seiten des Manuskripts. Das brachte mich auf eine Idee, die ich sofort in die Tat umsetzte: Ich schnappte mir mehrere Seiten, knüllte sie zusammen und stieß den Papierknäuel in ihren Mund, während ich mit der freien Hand ihren Hals packte. Obwohl sie leicht benommen war, drosch sie auf meinen Arm ein, und ich musste die Schläge einstecken, wenn ich die Finger weiter an ihrem Hals halten wollte. Mit den Seiten in der Faust verpasste ich ihr als Nächstes einen Schlag auf die Stirn, und ich sah ihre Augen nach hinten wegkippen, als sie das Bewusstsein verlor. Ihr Körper erschlaffte. Ich ließ sie los, und sie sackte zu Boden. Ich kniete mich hin, drehte sie auf den Rücken und setzte mich auf ihre Brust. Legte beide Daumen auf ihre Luftröhre und drückte und drückte. Ihr schmaler Hals machte es mir leicht, sie zu erdrosseln. Da lag sie in ihrem schwarz-weißen Trainingsanzug, Arme und Beine ausgebreitet, und als ihre Kinnlade aufklappte, jede Muskelspannung weg war, stopfte ich ihr die Seiten der Memoiren in den Mund. Ich füllte diesen Schlund, bis nichts mehr hineinpasste.

Hübsch? Nicht im Geringsten. Aber mir gefiel die Schlagzeile, zu der diese Tat führen würde.

Memoirenschreiberin gezwungen, ihre eigenen Worte zu schlucken.

Buch hinüber, Leben hinüber.

achtundzwanzig

Ich lief nicht weg. Ich brach nicht zusammen. Ich machte mich über den Weinvorrat in meinem Zimmer her, und irgendwann verlor ich, bis auf die Schuhe vollständig angezogen, auf meinem Bett das Bewusstsein. In dem Moment, als ich die Augen aufschlug, das Tageslicht registrierte, den Morgen, dass das Leben und alles darin weiterging, wurde mein Körper von einem grellen Blitz erschüttert, und mir kam Magenflüssigkeit hoch. Ursache war weniger mein ausgewachsener Kater als vielmehr die Erkenntnis, dass ich die Leiche meiner Mutter in der Küche zurückgelassen hatte. Um sie aus meinem Zimmer zu schaffen und weil ich ein Glas für meinen Wein brauchte, hatte ich sie am Abend noch runtergebracht und dort auf dem Boden abgelegt. Ich musste wohl gedacht haben, dass ich später noch einmal runtergehen und sie irgendwo verstecken würde – ich konnte mich nicht erinnern. Aber ich wusste, dass sie an diesem Morgen unten in der Küche auf dem Boden lag, und jeder, der zufällig einen Blick durchs Küchenfenster warf, würde sie sehen. Was, wenn jemand vorbeikam, irgendwer, und sie dort sah? Die Chancen standen eine Million zu eins, aber bei meiner jämmerlichen Glückssträhne war heute genau der Tag, an dem das eintreffen würde. Ein Autofahrer, der mit plattem Reifen auf der Straße liegen blieb und Hilfe suchte, die Cops, die in aller Frühe vorbeikamen, um mit mir oder meiner Mutter nochmals über den Abend zu sprechen, an dem Ralph Soames verschwunden war.

Ich schaffte es ins Bad und kotzte alles aus. Meine Füße waren bleiern, als ich schwerfällig nach unten ging, um mich ihrer Leiche zu stellen. Die Hitze in mir hatte nicht nachgelassen, aber der Kern meines Wesens erstarrte zu Eis, als ich ihren Körper nicht auf dem Boden sah.

Sie war nicht in der Küche.

Ich setzte mich an den Tisch, vergrub den Kopf in meinen Händen.

Wir sind im Haus. Es kann kein Hund gekommen sein. Das hier ist nicht der Wald.

Arschloch.

Aus den Wolken meiner Benommenheit tauchte eine Erinnerung auf: Ich war sturzbetrunken gewesen, hatte aber irgendwann in der Nacht ihre Leiche vom Boden hochgewuchtet und runter in den Keller getragen. Bevor ich das Bewusstsein verlor? Musste wohl so gewesen sein. Sie war jetzt unten im Keller, gut verborgen.

Kein Mensch weiß was. Immer ruhig bleiben.

Ich ging wieder nach oben, um das Aspirin aus meinem Arzneischrank zu holen.

neunundzwanzig

Nach Kaffee, Frühstück, Dusche und einem Nickerchen, als ich mich wieder menschlich genug fühlte, rief ich Catherine an.

»Ich sollte *dich* anrufen«, sagte sie.

»Die Dinge haben sich geändert.«

»Wie das?«

Ich erzählte es ihr in der Kurzfassung, und ihre Reaktion überraschte mich.

»Das ändert gar nichts.«

»Meine Mutter ist tot.«

»Kurt, ich werde mit June wegziehen, und wir beide haben einen Deal.«

»Scheiß auf unseren Deal. Meine Mutter ist tot. Deine Drohung, ihr zu sagen, du hättest das Buch, ist jetzt bedeutungslos.«

»Hast du sie deshalb umgebracht?«

»Ich verstehe nicht.«

»Damit ich kein Druckmittel mehr gegen dich in der Hand habe.«

»Bild dir bloß nicht zu viel ein«, sagte ich. »Aber nachdem sie jetzt nicht mehr unter uns weilt –«

»Willst du also dein Wort brechen?«

»Ich hab hier eine Leiche. Darüber denke ich momentan nach.«

Ich konnte sie im Wald begraben oder ihren Brennofen unten zur Einäscherung nutzen. Aber ein zweites Grab auszuheben wäre grässlich gewesen, den Töpferofen zu benutzen noch schlimmer. Die Größe des Brennofens war nicht für einen Menschen ausgelegt, meine Mutter hätte daher zerstückelt in den Ofen wandern müssen.

»Ich habe eine Idee«, sagte Catherine.

»Eine Idee wofür?«

»Ihre Leiche. Wohin mit ihr.«

»Wohin?«

»Würde dir ersparen, sie in den Wald zu schleppen, wie du's mit Soames gemacht hast.«

»Wie fürsorglich.«

»Das ist doch das Mindeste, was ich tun kann«, sagte Catherine. »Aber danach sind wir quitt. Du hilfst mir mit June, wie wir es besprochen haben, und ich helfe dir mit deiner Mutter.«

»Quid pro quo, hm?«

»Ich ruf dich bald zurück.«

»Ich habe hier eine Leiche, Catherine.«

»Leg sie irgendwo auf Eis«, sagte sie. »Kannst du das nicht tun?«

Das kälteste Eis, das ich kenne, ist dein Herz, dachte ich und erinnerte sie daran, dass wir hier von meiner Mutter sprachen.

»Die du so sehr geliebt hast. Genau.«

»Bringt dich eigentlich gar nichts aus der Fassung?«

»Du hast mich schon erlebt, als ich von der Rolle war. Aber was du mit deiner Mutter gemacht hast, Kurt, ist deine eigene Verrücktheit.«

Sie sagte, sie brauche etwa eine Woche, dann sei sie bereit, June zu holen und die Gegend zu verlassen.

»Ich habe mir meinen Ballast vom Hals geschafft«, sagte ich. »Könntest du das nicht auch?«

»June ist für mich keine Last.«

»Ich ohne meine Mutter. Du ohne June. Wir könnten es hinkriegen.«

»Ich ruf dich gleich wieder an«, sagte sie und legte auf.

Und als ich dann den Willen aufgebracht hatte, mich zu bewegen, trotz alledem weiterzuleben, trug ich meine Mutter aus dem Keller hoch und steckte sie in den Kühlraum. Dort standen die beiden mächtigen Kühltruhen. Ich musste ein bisschen umräumen, musste Steaks und Braten hin- und herschieben, aber sie war schlank genug, um in eine der Gefriertruhen zu passen.

dreißig

Kein Mensch bekommt gern eine Abfuhr, und ich war da nicht anders. Catherine noch einmal helfen und dann Abschied nehmen? Nett, dich kennengelernt zu haben? Ich hatte noch mal über alles nachgedacht. Ich konnte nicht einfach so kuschen, und es war ungeheuerlich, dass ich buchstäblich die ganze Arbeit an der Backe hatte und June aus dem Grabmal in einem Sarg zu einem Lastwagen schleppen sollte, der Catherine dann wegbringen würde. Wenn sie weg wäre, hätte ich gar nichts mehr, nicht Catherine, nicht das Buch meiner Mutter – obwohl ich ohne meine Mutter im Haus endlich meine Ruhe hätte. Ich hätte die Zeit und die nötige Einsamkeit, um mich wieder meinen eigenen Texten zu widmen. Nachdem ich für die Memoiren alles gegeben hatte, durch Schweiß und Streitereien, Wut und Mord gegangen war, wollte ich es jetzt auch zu Ende bringen. Das Buch war immerhin zu neunzig Prozent fertig, den Rest konnte ich mir ausdenken. Der Erzählton war ohnehin durchweg meiner. Kein Mensch würde erkennen, wo der wahrheitsgemäße Teil endete und der frei erfundene begann.

Was das Verschwinden der Autorin betrifft:

Sie hat es als ihr Testament geschrieben, den Tod bereits auf der Schulter. Eine Frau, die unter einer tödlichen Krankheit litt und die Entscheidung fällte, sich das Leben zu nehmen, bevor ihr nur noch der Schmerz blieb. Sie wollte nicht verfaulen, in Qualen dahinsiechen. Aber dies hier vollendete sie. Dieses Buch. Jedes Wort stammt von ihr, dieses Buch ist ihre Geschichte, ihre letzte Opfergabe an die Welt.

Würde die Öffentlichkeit das glauben? Die Polizei? Wie bei Soames würden die ermittelnden Beamten trotz bestehender Verdachtsmomente keine Leiche haben. Und wenn ich mir irgendwo eine Sterbeurkunde besorgen konnte, einen Beleg, der besagte, dass sie nur noch Asche war …

Eines wusste ich ohne jeden Zweifel: Catherine Embers hatte einen Fehler begangen. Sie hätte mir nie erzählen dürfen, dass sie eine Idee habe, wohin ich die Leiche meiner Mutter schaffen könnte. Ich wäre nie auf dieses Versteck gekommen, hätte sie das Thema nicht – wenn auch nur andeutungsweise – angeschnitten, aber nachdem ich das einmal geschnallt hatte, handelte ich eines späten, regnerischen Abends, und niemand konnte mich dabei gesehen haben.

Ich verkroch mich im Haus, war zuversichtlich, dass ich Catherine etwas voraushatte, und wartete auf ihren Anruf.

einunddreißig

Sie kam mit einem weißen Kastenwagen und parkte in der Einfahrt. In dieser Nacht konnte man bereits den herannahenden Frühling spüren, und dementsprechend trug sie nur einen Rollkragenpullover, ich eine Windjacke. Wir hatten allerdings beide Handschuhe an, und nachdem Catherine die Doppeltüren des Kastenwagens geöffnet hatte, kletterte sie auf die Ladefläche und packte das eine Ende der Kiste, während ich das andere nahm. Dann senkten wir sie auf den Boden. Sie war unlackiert und hell, eine beigefarbene Holzkiste mit einem Klappdeckel.

»Woher haben Sie die?«

»Von einem Schreiner in Kingston. Sonderanfertigung.«

»Könnte als Lagerkiste durchgehen. Sieht nicht mal aus wie ein Sarg.«

»Das ist Sinn und Zweck der Sache, Kurt.«

»Clever.«

Hinter dem Friedhof über den Bergen hing ein feiner Nebel. Durch die weißen Schwaden konnte ich den Mond ausmachen, eine fahle Sichel. Nach einer Woche mit Gewitterschauern war die Luft feucht, die Atmosphäre fühlte sich aufgeladen an, voller elektrischer Ladung, und deutete auf einen weiteren Sturm hin.

»Lass es uns heute Abend durchziehen«, hatte Catherine gesagt. »Bevor es wieder gießt wie aus Eimern.«

Catherine griff in den Kastenwagen und streifte sich einen Rucksack über. Sie schloss die Hecktüren. Sie gab mir einen Jutesack, in den wir ihrer Vorstellung nach Junes Leichnam packen würden – um ihn vor den Schlägen gegen die Seiten der Kiste zu schützen, während wir sie trugen –, und ich warf mir den Sack über die Schulter.

»Wir können die Kiste hierlassen«, sagte ich.

»Bist du sicher?«

»Besonders schwer kann sie nicht sein.«

»Aber ich dachte –«

»Wäre einfacher.«

»Ich dachte, du wolltest sie so wenig wie möglich anfassen.«

»Mein Verhältnis zu Leichen ist entspannter geworden«, sagte ich. »Hatte in letzter Zeit öfter mit welchen zu tun.«

Das entlockte ihr für einen Sekundenbruchteil ein Lächeln, und sogar ihre Stimme wurde eine Nuance sanfter.

»Es ist fast vorbei.«

»Für Sie vielleicht«, sagte ich. »Ich hab immer noch meine Mutter.«

»Eins nach dem anderen. Erst June, dann deine Mutter.«

Ich behielt mein Pokerface, gab nichts preis und streckte meinen Arm Richtung Straße aus.

»Auf geht's.«

Sie ging los, ich folgte ihr und starrte auf ihre langen, roten Haare. Es schien Ewigkeiten her zu sein, seit ich durch meine Vernarrtheit in diese Farbe überhaupt erst wahrgenommen hatte, dass sie den Friedhof regelmäßig aufsuchte. Seitdem war so viel zwischen uns passiert, wir hatten Verbrechen, Fixierungen und Geheimnisse miteinander geteilt, und doch waren wir uns hier und jetzt menschlich einander immer noch nicht näher als zu dem Zeitpunkt, als wir noch Fremde gewesen waren. Warum hatte ich es überhaupt versucht? Die Zwecklosigkeit meiner Bemühungen stimmte mich traurig, gleichzeitig erfasste mich aber auch ein leichtes Schwindelgefühl in dem Wissen, was ich für sie auf Lager hatte.

Der Eingang des Grabmals war dunkel, das Innere ebenfalls. Catherine blieb stehen. Sie zog einen Riemen ihres Rucksacks von der Schulter, öffnete den Reißverschluss eines Fachs und nahm eine grüne Campinglaterne heraus. Als sie sie anmachte, musste ich in der jähen Helligkeit blinzeln und schützend eine Hand vor die Augen heben, dann konnte ich aber wieder den Eingang sehen und trat mit Catherine durch den vorderen Raum in den hinteren, wo sich der Sarg befand.

Dort roch es nach geschmolzenem Wachs, nach ausgebrannten Kerzen. Die Luft war kühler als draußen, kalt und trocken. Die Messingkerzenhalter standen auf dem Sarg, und Catherine machte keinerlei Bemerkung darüber, dass die Leuchter irgendwie anders zu stehen schienen. Ich hatte sie nach neulich Nacht zurück auf den Sargdeckel gestellt und dachte, Catherine müsste sich erinnern, dass die Kerzen bereits vor Tagen niedergebrannt waren, als ich sie nach dem Einsatz des Elektroschockers hierhergebracht hatte.

»Willst du ihn öffnen, Kurt?«

Sie zwängte sich hinter mich. Ich spürte ihre Anwesenheit wie ein Gewicht, das gegen meinen Rücken drückte. Die Laterne, die sie über meine Schulter hielt, erhitzte mein Ohr, und ich spürte Schweiß auf meiner Wange.

»Was ist los?«, sagte Catherine. »Bringen wir's hinter uns.«

Ich ging auf ein Knie runter und fand das kleine Loch im Fußboden. Mein Daumen drückte auf die Feder. Mit einem Scheppern wurde der Mechanismus des Sargs aktiviert, der Deckel glitt auf den Führungsrollen zurück, und dann wurde sichtbar, was darunter lag. Catherine schob sich vor, die Laterne neben ihrem Gesicht, ihre Hüfte an meiner, und wir starrten beide auf die Leiche hinab. Ich hörte sie scharf einatmen und spürte, wie sie sich versteifte. Ein Krächzen löste sich aus ihrer Kehle. Ich drehte den Kopf, um ihr ins Gesicht zu schauen, und sah, dass sie erbleicht war. Als ihre Knie nachgaben, dachte ich, sie würde ohnmächtig.

»Glaubst du, ich hätte nicht kapiert, was du gemeint hast? Es gibt keinen besseren Ort, um meine Mutter zu verstecken.«

Nach mehreren Tagen in der Gefriertruhe war sie nun teilweise aufgetaut, der schwarz-weiße Trainingsanzug klebte an ihrer leicht violetten Haut. Ich hatte ihre Augen vor dem Einfrieren geschlossen, und ihr Gesichtsausdruck sah ruhig aus. In ihrem weißen Haar steckten Kristalle.

»Wo ist June?«

»Sie ist in Sicherheit.«

»Wohin hast du sie getan?«

»Kann ich dir zeigen.«

»Du widerlicher Scheißkerl.«

»Bin ich nicht. Aber du verschwindest mit der großen Liebe deines Lebens und lässt mich hier allein zurück. Das ist nicht fair.«

»Was willst du, Kurt?«

»Ich will, dass du bleibst.«

»Und dann besorgen wir uns Popcorn und kuscheln und ziehen uns zusammen Horrorfilme rein.«

»Unter anderem.«

»Wie hieß noch gleich der, von dem du so geschwärmt hast?«

»*Katzenmenschen.* Neunzehnzweiundvierzig. Ich sag dir, den Film musst du gesehen haben.«

Irgendwas schepperte, das Licht flackerte – Catherine hatte die Laterne fallen lassen. Sie drehte mir den Rücken zu, hatte ihre Hände vor mir verborgen, und dann riss sie blitzschnell einen Arm hoch. Bevor ich sehen konnte, was sie in der Hand hielt, zischte mir irgendwas ins Gesicht, und ein fürchterlicher Schmerz schoss mir in die Augen, als wären sie plötzlich in Flammen aufgegangen.

»Catherine!«

Geblendet, die Finger auf den Lidern, taumelte ich nach hinten. Der Jutesack rutschte von meiner Schulter. Ich streifte irgendetwas, ich glaube, es war der Sarg, und stürzte. Ein Stromschlag erwischte mich, brachte mein Herz zum Stillstand, ließ meine Hoden und Gedärme zusammenschrumpeln, und sosehr ich auch nach Luft schnappte, da kam nichts. Ich war völlig bewegungsunfähig.

»Gefällt dir der Taser?«

Lag ich auf dem Boden? Stand ich? Zwischen Pfefferspray, Elektroschocker und dem flackernden Licht wusste ich nicht mehr, ob ich stand oder lag, und als etwas Hartes und Schweres auf meinen Kopf schlug, ergriff ich die Flucht.

Ich verließ die Gruft, schwang mich in die Höhe.

Ich schwebte in einem Tunnel absoluter Finsternis.

zweiunddreißig

Ich bemerkte, dass sich meine Augen geöffnet hatten, sah aber weiterhin nur Schwärze. Nirgendwo ein Licht oder ein Geräusch. Mir war kalt, in meinem Kopf pulsierte ein Knoten. Jedes Anschwellen des Schmerzes verursachte mir Übelkeit. Meine Augen brannten noch immer, aber nicht mehr so sehr, und ich konnte es ertragen, sie offen zu halten. Ich hob den Arm, um nach oben zu greifen und meine Augen zu reiben, doch meine Hand schlug gegen ein Hindernis. Ich drückte dagegen und musste feststellen, dass es nicht nachgab. Ein Versuch mit dem anderen Arm erbrachte das gleiche Ergebnis. Ich konnte die Arme nur wenige Zentimeter heben, bis sie gegen diese Wand stießen, und auch die Knie konnte ich nicht beugen. Eine feste, flache Oberfläche drückte sich gegen eine Seite meines Körpers; entlang der anderen Seite, meiner rechten, befand sich ein weiches, feuchtkaltes Objekt. Ich drehte den Hals und verrenkte mich so weit wie möglich, und als ich Haare in den Mund bekam, als meine Nase ein Ohr berührte, wusste ich Bescheid.

Das war der Moment, in dem ich schrie.

Woher hatte Catherine die Kraft genommen? Sie hatte mich nicht allzu hoch heben müssen, um mich in den Sarg zu stopfen, dennoch hätte ich ihr das nicht zugetraut. Aufgrund des von mir vorgenommenen Austauschs musste sie vor Wut mit Adrenalin vollgepumpt gewesen sein.

Du bist ein schlechter Verlierer, Catherine. Wir hätten uns was überlegen können.

Ich hörte auf zu schreien.

Besser sparsam mit der Luft umgehen.

Besser die missliche Lage akzeptieren und hoffen, dass sie zurückkäme.

Aber ich wusste, das würde sie nicht.

Du bist die Angeschmierte. Du wirst nie herausbekommen, wohin ich June gebracht habe.

Darüber musste ich lachen, konnte gar nicht an mich halten, aber meine Heiterkeit war nicht von Dauer.

»Du bist schrecklich still, Mom. Keine Überarbeitungen? Keine Kommentare?«

Das munterte mich auch nicht auf.

Um mich herum nur Dunkelheit und Stille.

Ich holte tief Luft und schrie wieder.

danksagung

Mein Dank gebührt J. David Osborne und Jeff Jackson für ihre hilfreichen Einblicke und Ratschläge, während ich an diesem Buch arbeitete.